Dr Charles MAS

Ancien Interne des hôpitaux de Marseille
(Concours 1896)
Ancien Externe des mêmes hôpitaux
(Concours 1893)
Ex-Interne de la Maternité
et de la Clinique obstétricale
Médaille d'argent (Épid. de variole 1895-96)

LE PRURIGO

CHEZ L'ENFANT

ÉTUDE CLINIQUE

LE PRURIGO
CHEZ L'ENFANT

ÉTUDE CLINIQUE

PUBLICATIONS ANTÉRIEURES

Un cas de luxation du genou en avant, in *Marseille médical*, juillet 1897.

Vomissements incoercibles de la grossesse. — Guérison par l'électrisation, in *Marseille médical*, décembre 1899.

LE
PRURIGO

CHEZ L'ENFANT

ÉTUDE CLINIQUE

Le Docteur Charles MAS

Ancien Interne des hôpitaux de Marseille (Concours 1895)
Ancien Externe des mêmes hôpitaux (Concours 1893)
Ex-Interne de la Maternité et de la Clinique obstétricale
Médaille d'argent (Épidémie de variole 1895-1896)

IMPRIMERIE CENTRALE DU MIDI
HAMELIN FRÈRES

1900

A MON PÈRE ET A MA MÈRE

A MA SŒUR ET A MON BEAU-FRÈRE FRÉDÉRIC SAISSET

A MES PARENTS

C. MAS

A MES AMIS

A MES CAMARADES DE L'INTERNAT

G. MAS

MONSIEUR LE PROFESSEUR GRASSET

Professeur de Clinique médicale à la Faculté de médecine de Montpellier
Membre correspondant de l'Académie de médecine
Chevalier de la Légion d'honneur.

G. MAS.

AVANT-PROPOS

M. le docteur Léon Perrin, chargé du cours de dermatologie à l'École de médecine, nous a donné l'idée première de cette thèse inaugurale et a bien voulu, pour documenter notre travail, nous faire profiter des observations recueillies à sa polyclinique. Si nous inscrivons ici tout d'abord son nom, ce n'est pas seulement pour nous faire honneur d'avoir été son élève, mais c'est surtout pour qu'il croie bien à toute la gratitude que sa bonté nous inspire. Pendant cinq ans nous avons suivi assidûment ses consultations qui, par la variété des cas que l'on y observe, le nombre des malades qui s'y présentent, et l'enseignement que cet excellent Maître y donne, peuvent rivaliser sans conteste avec les meilleures de la Capitale. Nous avons toujours trouvé auprès de lui des encouragements bienveillants qui, joints à son aménité et au charme de sa parole, nous ont puissamment aidé et encouragé à l'étude toute spéciale de la dermatologie.

Durant les sept années que nous avons passées dans les hôpitaux de Marseille, soit comme externe, soit comme interne, nous avons toujours trouvé auprès de nos différents chefs l'accueil le plus sympathique. Aussi sommes-nous heureux d'offrir à ces éminents Maîtres, sous la direction desquels s'est faite notre éducation médico-chirurgicale, MM. les docteurs professeurs Villard, prof. Arnaud (Fr.), prof. Fallot, Coste, prof. d'Astros, prof. Boinet, Fioupe, prof. Alezais, Schnell, prof. Oddo, Pagliano, Cassoute, médecins des hôpitaux ; MM. les docteurs prof. Villeneuve, Poucel, Marcorelles, Vidal, Michel, Pluyette, Louge, Lartail, Brun, Melchior-Robert, et prof. Delanglade, chirurgiens des hôpitaux ; MM. les prof. Queirel et Bénet, accoucheurs des hôpitaux, avec nos remerciements pour les leçons que nous avons reçues d'eux, l'hommage de notre respectueux dévouement et de la profonde considération qu'ils nous ont inspirée.

Que M. le professeur Combalat, dont nous avons eu l'honneur d'être tour à tour l'externe et l'interne, reçoive tout particulièrement l'expression de notre reconnaissance pour le précieux enseignement qu'en clinicien émérite il nous a prodigué, et pour l'intérêt qu'en Maître attentif et affectueux il n'a jamais cessé de nous témoigner.

Nous terminons notre internat dans le service épidémique de la variole de M. le Dr Boy-Tessier. Nous nous félicitons de l'avoir eu comme Maître à deux reprises différentes, car il laisse un souvenir ineffaçable à tous ceux qui ont pu le connaître et l'apprécier.

Durant notre séjour à Paris, nous avons reçu l'accueil le plus bienveillant de MM. les docteurs A. Fournier, professeur à la Faculté de médecine; Du Castel, médecin de l'hôpital St-Louis ; Brocq, médecin de l'hôpital Broca-Pascal et Jacquet, médecin des hôpitaux ; nous leur adressons nos respectueux remerciements.

M. le professeur Grasset nous fait le grand honneur d'accepter la présidence de notre thèse, qu'il veuille bien agréer l'assurance de notre profonde gratitude.

LE PRURIGO

CHEZ L'ENFANT

ÉTUDE CLINIQUE

CHAPITRE PREMIER

HISTORIQUE ET DISCUSSION

Le mot prurigo, de *prurire*, démanger, sert à désigner une
affection cutanée à évolution aiguë ou chronique, caractérisée
par un symptôme primordial, le prurit, et accompagnée sur
les régions où celui-ci s'est montré d'une éruption papuleuse
à aspect particulier — la séro-papule ou la vésiculo-papule —
sans changement notable de couleur à la peau ; ces lésions
cutanées, réservées à la forme aiguë, prennent dans la forme
chronique un aspect tout différent : les papulo-vésicules se
réunissent alors pour former des placards rouges, enflammés,
suintants ; des lésions infectieuses secondaires, pustules
d'ecthyma ou d'impetigo, ne tardent pas à apparaître. L'éruption revêt un caractère essentiellement polymorphe. La peau

Définition.

s'épaissit et s'indure, et à ces phénomènes d'eczématisation et de lichénification s'ajoute une hypertrophie ganglionnaire toujours plus marquée dans la région inguinale.

Prurit et prurigo.

Les liens qui unissent le prurit simple au prurigo sont évidemment très étroits, mais ne sauraient établir une confusion entre ces deux mots : le prurit est un symptôme, le prurigo est une maladie. Le prurit est un trouble nerveux de la peau produisant des démangeaisons et pouvant exister sans lésions cutanées appréciables, tandis que le prurigo est une affection où se montrent des démangeaisons très violentes, mais qui sont toujours suivies d'une éruption de papules d'un type spécial qui donnent à la maladie ses véritables caractères.

D'Hippocrate à Willan.

Cependant cette délimitation précise entre le prurigo et le prurit avait paru inutile aux anciens dermatologistes. Si nous remontons aux temps anciens, nous voyons qu'Hippocrate signale à plusieurs reprises les affections prurigineuses sous le nom générique de Συσμος (Aphor. sect. III ; Epidem. lib V) mais on ne trouve aucune différenciation entre ces diverses dermatoses. Galien donne une définition du pruritus, un peu vague, mais qui marque déjà un premier pas : Dolorifica voluptas in cute excitata ab acri salso ichore tenui, sine exulceratione (Cf. Dietrich, *Tatrœum Hippocratis*, in-4°. Ulm, 1661). Pline entrevoit la différence qui existe entre la gale et le prurigo. Avicenne fait remarquer que le pruritus ne s'accompagne pas comme la gale d'éruption pustuleuse.

Les Arabes confondaient sous le même nom d'Essera, toutes les maladies de la peau accompagnées de démangeaison, telles que le prurigo, la gale, l'eczéma, etc.

A la fin du XVIe siècle, Mercurialis, le premier, établit une distinction absolue entre le pruritus maladie et le prurit symptôme (*De morbis cutaneis*, lib. II, cap. III, p. 62).

Pour Ambroise Paré, démangeaison et prurit sont deux

mots synonymes. Haffenreffer sépare le pruritus général du pruritus localisé.

Certains dictionnaires anglais de la fin du XVIᵉ siècle et du commencement du XVIIᵉ, comme les Hulœt's Dictionary (1572), Reder's Holgok's et Littleton's Dictionary (1589, 1606, 1678) classent le prurigo sous la rubrique « Redde-Gowne » ou manteau rouge, ainsi dénommé à cause de la teinte rouge que prend le tégument sous l'influence de l'éruption papuleuse. Cela prouve que ces différents auteurs avaient déjà parfaitement séparé le genre Prurigo.

Mais il faut arriver à Willan pour en trouver une description précise. Partant de la définition de la papule : « Papula est phygma parvulum desquamari solitum, » donnée par Sauvages mais l'appliquant mieux que lui, s'aidant des travaux de ses prédécesseurs et surtout de Plenck, le médecin anglais donne des maladies de la peau une classification scientifique en huit groupes dans le premier est constitué par le groupe Papulæ. Ce groupe, qu'il subdivise en trois autres, le lichen, le prurigo et le strophulus, renferme la description suivante : « Les démangeaisons, dit Willan, sont un symptôme qu'on rencontre à un degré variable dans un assez grand nombre d'affections cutanées, mais il est certains cas où ces démangeaisons constituent le phénomène principal en s'accompagnant de papules sans changement de couleur et sans autre altération de la peau. » Willan avait distingué trois variétés de prurigo : le mitis, le formicans et le senilis ; puis il avait décrit les diverses formes locales : le prurigo præputii, le prurigo pubis, le prurigo urethralis, le prurigo podicis et enfin le prurigo pudendi muliebris. A côté de ce groupe prurigo, il donne la description sous le nom de strophulus d'une maladie spéciale à l'enfance et caractérisée par des papules, petites, acuminées, avec aréole inflammatoire, mais sans suppuration. Il en décrit cinq variétés : l'intertinctus, l'albidus, le confer-

Prurigo de Willan.

tus, le volaticus et le candidus : mais d'après sa description on voit la tendance marquée qu'il a à en faire du lichen plutôt que du prurigo.

Ses élèves, Bateman, Plumb, Green, n'ajoutèrent que peu de traits à la description du Maître ; ils ne trouvèrent qu'à créer une septième variété de lichen, le lichen urticatus, qui n'est en définitive que le strophulus développé sur des élévures ortiées, décrit plus tard par Colcott Fox, sous le nom d'urticaire infantile.

En France, Alibert (*Monographie des dermatoses*, t. II, p. 572), décrit le prurigo comme « un genre d'éruption non contagieuse se manifestant par des papules plus ou moins nombreuses, plus ou moins étendues, tantôt rouges, mais plus souvent de la couleur de la peau, limitées ou universellement répandues sur la périphérie tégumentaire. » L'apparition de ces papules est indiquée par Alibert comme constamment accompagnée de prurit, et la papule fait ainsi place au trait clinique le plus saillant.

Rayer définit l'affection « une éruption caractérisée par des papules ayant à peu près la même couleur que la peau, accompagnées d'une vive démangeaison. »

Biett et ses élèves, reprenant la division de Willan, font du prurigo mitis et du prurigo formicans une seule et même forme, ne différant que par l'intensité des symptômes.

Cazenave, après avoir classé le prurigo comme une éruption papuleuse, finit par le considérer comme une hyperesthesie cutanée.

Chauzit en fait de même une névrose idiopathique de la peau, dont le siège serait dans le corps papillaire.

Devergie s'attache à différencier le prurigo papuleux du prurigo sans papules.

Bazin range le prurigo dans l'ordre des papules, comme l'avait fait Willan ; mais, au point de vue pathogénique, il

admet un prurigo de cause externe (direct et pathogénitique),
un prurigo arthritique, un prurigo herpétique et un prurigo
scrofuleux (scrofulide boutonneuse bénigne).

Malgré tous ces nombreux travaux, c'est toujours sur la
classification de Willan que vivent les dermatologistes du
milieu de ce siècle. On confond sous la même rubrique la
plupart des affections prurigineuses de la peau. C'est alors
que l'École de Vienne, sous l'influence de Hébra, vient mettre
un peu d'ordre dans ce véritable chaos. Hébra, après avoir
analysé le texte de Willan, démembre l'ordre des papules ;
il dissémine dans les groupes les plus divers de la pathologie
cutanée les genres strophulus et lichen, et réserve le qualificatif
de prurigo aux espèces mitis et formicans de Willan.

Prurigo
de l'École de
Vienne.

Ainsi entendu, le prurigo au sens de l'Ecole de Vienne, que
M. Besnier a appelé prurigo de Hébra, doit être réservé à une
affection qui débute dans la première enfance, prurigineuse,
éminemment rebelle, se présentant alors sous forme d'urticaire, puis celle-ci fait place à des élevures papuleuses spéciales. L'éruption atteint son maximum d'intensité sur les
membres inférieurs, du côté de l'extension. Des placards lichénoïdes et eczématiformes viennent la compliquer, et les ganglions lymphatiques subissent une tuméfaction indolente.

La réforme indiquée par Hébra obtient immédiatement un
vif succès, et la plupart des auteurs étrangers adoptent sa
division et subissent son influence. Kaposi, Neumann, Aus-
pitz, en Allemagne ; Tilbury Fow, Wilson, Neligan et Belcher,
en Angleterre, l'acceptent dans son ensemble, et Duhring,
en Amérique, suit la même voie. En France seulement, Besnier et Doyon protestent, dès 1881, contre l'exclusivisme de
cette théorie. M. Hardy conteste au prurigo de Hébra son
individualité ; il pense que dans la presque totalité des cas le
prurigo n'est qu'une affection secondaire et symptomatique.
MM. Hillairet et Gaucher refusent aussi de reconnaître l'au-

tonomie du prurigo de Hébra, qu'ils considèrent comme un prurigo compliqué ; ils proposent de réintégrer dans le cadre des prurigos certaines affections prurigineuses sans papules réléguées par Hébra dans une classe spéciale sous le nom de prurit. E. Vidal refuse à Hébra le mérite de sa création ; il ne voit dans sa description que le lichen agrius des anciens dermatologistes et il soutient que le prurigo et le lichen ne sont que deux modalités d'une même affection.

Tel était, jusqu'à ces dernières années, l'état de la question : à toutes les lésions prurigineuses on appliquait les dénominations les plus diverses : lichen, strophulus, prurigo, avec toutes sortes de qualificatifs secondaires pour les différencier l'une de l'autre ; et, pendant qu'on discutait, Wilson s'emparait du terme lichen et l'appliquait à une maladie caractéristique, absolument différente des précédentes : le lichen plan.

Congrès de Londres, août 1896 (Rapports de M. Besnier et de M. Brocq).

La confusion devenait par trop complète. Il y avait intérêt à trancher d'une manière définitive, par une dénomination générale, les anciens lichens, les diverses variétés de strophulus et les multiples prurigos. C'est pourquoi la question fut posée au troisième Congrès international de dermatologie et de syphiligraphie qui tint ses assises à Londres du 4 au 8 août 1896 ; cela nous valut deux rapports remarquables, l'un de M. Besnier, l'autre de M. Brocq, qui vinrent jeter un jour nouveau sur la question.

Par ses études cliniques, ce dernier a démontré qu'il y a des cas, soit chez les enfants, soit chez les adultes, dans lesquels on voit des éruptions prurigineuses plus ou moins tenaces et successives, se caractériser uniquement au point de vue objectif par des papules ou mieux par des papulo-vésicules disséminées, absolument analogues comme aspect et même comme constitution histologique aux élevures papuleuses du début du prurigo vrai de l'Ecole de Vienne. Par les mêmes recherches, Tommasoli, en 1893, était arrivé à ranger le lichen simplex aigu de Vidal dans les prurigos sous le nom de *prurigo temporaire autotoxique;* pour lui, le terme prurigo a un sens unique. « C'est, dit-il, une dermatose d'origine interne, caractérisée par un prurit intense et par l'éruption contemporaine ou presque contemporaine de papules petites, séreuses, mais consistantes, lesquelles évoluent en peu de jours, se couvrent rapidement d'une petite croûte sanguine. Cette dermatose peut préférer les faces externes des membres : elle est précédée ou accompagnée souvent par des pomphi d'urticaire ; elle est ordinairement discrète dans ses éruptions, lesquelles se répètent à intervalles sans trop se relier entre elles. Son cours habituel a des périodes de paroxysmes et d'accalmies, lesquels semblent être en rapport avec les saisons. Mais tous ces derniers caractères ne sont ni constants ni absolus. »

Prurigo de Tommasoli.

M. Brocq, tout en acceptant cette définition, trouve les qualificatifs de temporaire autotoxique mauvais et mal appropriés, puisque ces éruptions peuvent avoir des allures successives ou récidivantes des plus nettes, et propose alors le nom de *prurigo simplex* pour indiquer que, dans les cas purs de ces types morbides, il ne se produit ni eczéma, ni lichénification.

Prurigo simplex de Brocq.

En effet, on ne peut séparer du prurigo de Hébra une affection qui présente avec lui autant d'analogie ; les lésions élémentaires sont les mêmes (élément urticarien et vésiculo-papule) et ce n'est que par les lésions secondaires qu'ils se différencient. D'ailleurs, entre ces deux types, il existe toute une série de faits de passage qu'il est souvent impossible de classer dans l'un ou l'autre. Et, de même, entre ce type prurigo simplex et le type urticaire vraie, il existe aussi toute une série de faits de passage répondant à ce que les anciens dermatologistes désignaient sous le nom de strophulus.

Faits de passage.

2

Ainsi donc, le prurigo simplex, loin d'être rejeté hors du cadre des prurigos, doit, au contraire, être et désigner la forme la plus atténuée du prurigo de Hébra.

Prurigo ferox.

Dans le groupe prurigo, M. Brocq range également une affection cutanée assez spéciale à laquelle E. Vidal avait donné le nom de lichen polymorphe ferox, et à laquelle il donne le nom de *prurigo ferox.* Les lésions élémentaires sont constituées par des papules volumineuses, d'une grosseur variant d'une tête d'épingle à un gros pois, d'un rouge pâle ou vif, presque toujours excoriées ; si elles sont entières, il existe à leur sommet un soulèvement plus ou moins marqué de l'épiderme par de la sérosité transparente ou opaline. Ces éléments, irrégulièrement disséminés, évoluent par poussées successives et ont une très grande ténacité. Le prurit est très intense et, malgré cela, on ne constate aucune tendance aux eczématisations et aux lichénifications.

Prurigos diathésiques d'E. Besnier.

Enfin, dès 1892 et en 1896, E. Besnier crée une espèce nouvelle : les prurigos diathésiques. Après avoir demandé la réintégration dans le cadre des prurigos de l'ancien prurigo sénile que Hébra avait rejeté comme prurit essentiel ; après avoir revendiqué pour les prurigos accessoires de Willan leur retour à leur famille naturelle et, en particulier, pour les deux premiers genres des papules, le strophulus et le lichen, E. Besnier s'élève contre la conception de certains auteurs qui, comme Neisser et Tommasoli, voudraient un groupe prurigo plus fermé, excluant tout ce qui ne comporte pas dans son évolution la vésiculo-papule, promue au premier rang d'élément spécifique de tout prurigo. Pour lui, il n'y a aucun intérêt à restreindre des dermatoses qui, si elles ne possèdent pas la séro-papule, affectent tout un ensemble de caractères communs : tel est le cas des éruptions qu'il décrit sous le nom de *prurigos diathésiques* que Neisser range dans les eczémas. Pour démontrer l'unité nosologique et le non fondé de la séparation des prurigos, il insiste particulièrement sur l'évolution clinique, les manifestations viscérales, leur alternance avec les lésions cutanées que Hébra a révoquées en doute : l'hérédité, la dissociation familiale, — un frère a du prurigo, le second de l'asthme, le troisième des localisations alternantes. — Les prurigos diathésiques n'ont pas, par conséquent, d'élément éruptif spécifique : la banalité et la multiformité éruptive sont extrêmes : tantôt des lésions ortiées, tantôt papuleuses, avec lichénifications ou eczématisations. Ce sont « des prurigos d'origine interne, ou plutôt liés à des conditions individuelles de tissus et d'organes provoquées ou entretenues par un mode de nutrition anormal. » Ces prurigos sont prurigineux, chroniques, exacerbants, diathésiques ; à leur période d'état, ils ont pour éléments essentiels la lichénisation et l'eczématisation ; leurs lésions sont multiformes et restent absolument banales.

Les faits que nous venons de passer en revue prouvent les hésitations que l'on a encore à comprendre le prurigo. Si l'on adopte les idées d'E. Besnier, le phénomène démangeaison constitue l'accident capital : autour de lui évoluent des éruptions sans caractère spécifique. Pourquoi alors ne pas élargir le sens du mot prurigo et ne pas y admettre, comme le demandent certains auteurs, l'urticaire et certains lichens localisés ? Au-dessus du prurigo simplex occupant le bas de l'échelle, il y aurait le prurigo type de Hébra, le prurigo ferox d'E. Vidal, les prurigos diathésiques, les prurigos parasitaires, etc., etc. Le groupe prurigo renfermerait ainsi une série d'affections qui ont entre elles ces caractères communs : 1° le prurit ; 2° une éruption visible quelle que soit sa forme.

Nomenclature de Brocq.

M. Brocq, — et nous adoptons entièrement ses idées — réserve le nom de prurigo aux seules dermatoses dont la lésion élémentaire capitale est la vésiculo-papule et propose la nomenclature suivante :

1° Névro-dermite chronique circonscrite pour le lichen simplex chronique d'E. Vidal.

2° Névro-dermites diffuses pour les dermatoses prurigineuses qui ont, comme lésions objectives, des lichénifications superficielles.

3° Névro-dermites à forme objective eczémato-lichénienne pour les prurigos diathésiques d'E. Besnier.

4° Prurigo simplex pour l'ancien lichen simplex aigu d'E. Vidal.

5° Prurigo de Hébra pour le prurigo type de Hébra.

6° Prurigo ferox Vidali.

Chaque affection est ainsi désignée d'une manière précise qui ne prête à aucune confusion. Mais il ne faut pas oublier qu'elles sont unies entre elles par les liens les plus étroits : elles forment une seule et même famille, mais il nécessaire de les différencier au point de vue objectif.

L'histologie, en effet, n'a pas été capable de nous fournir un guide, un élément caractéristique permettant de définir anatomiquement la papulo-vésicule. Est-ce un élément pathognomonique spécial aux prurigos ou bien une lésion banale que l'on rencontre dans d'autres dermatoses prurigineuses? Force nous est de revenir à l'observation clinique. Or M. Brocq a montré qu'on peut rencontrer, chez des enfants qui semblent n'avoir qu'un peu d'urticaire et des parasites, des éléments papulo-vésiculeux analogues d'aspect à ceux du prurigo simplex. Il s'agirait de sujets dont les téguments réagissent dans le sens prurigo simplex sous l'influence d'excitations diverses. De par l'irritation provoquée par les parasites — acares ou poux — ils ont une poussée de leur prurigo. Les parasites une fois détruits, tout rentre dans l'ordre ou l'éruption persiste encore quelque temps à l'état de prurigo simplex.

Aussi l'on peut conclure avec M. Brocq que, si la spécificité de la papulo-vésicule n'est pas démontrée, il n'en est pas moins vrai que cette lésion élémentaire constitue le symptôme objectif capital du groupe prurigo, et pour éviter toute ambiguité on devrait choisir d'autres dénominations que celle de prurigo pour les simples lésions de grattage consécutives aux affections parasitaires — prurigos parasitaires vrais — pour les névro-dermites et pour les dermatoses prurigineuses dont M. E. Besnier nous a appris à connaître les caractères et l'évolution et à qui on applique la qualification de prurigos diathésiques.

Conclusion.

CHAPITRE II

PRURIGO CHEZ L'ENFANT

SES VARIÉTÉS. — SA FRÉQUENCE

Les considérations étiologiques et symptomatiques relatives à la conception des prurigos auxquelles nous venons de nous livrer dans le chapitre précédent nous permettent d'aborder, avec beaucoup plus de facilité pour nous-même et de compréhension pour le lecteur, leur étude en détail. Nous nous bornerons à les observer chez l'enfant ; car c'est aussi bien chez le nourrisson que dans la seconde enfance que les éruptions prurigineuses s'observent avec la plus grande fréquence et que les formes morbides revêtent le type le plus pur.

Variétés.

Nous insisterons plus particulièrement sur les formes aiguës et subaiguës — le prurigo simplex acutus ou subacutus — affection sinon de date mais de description récente et qui n'est pas mentionnée dans tous les traités de dermatologie ; nous nous bornerons à rappeler les grands caractères du prurigo chronique, dit de Hébra, pour ne pas entrer dans des redites inutiles après les descriptions magistrales qui en ont été faites par l'Ecole de Vienne ; après quoi nous consacrerons un chapitre spécial à la pathogénie si importante et naguère si mal connue du prurigo aigu et chronique, et nous terminerons par quelques aperçus sur leur traitement.

D'après une statistique publiée par Feulard au Congrès de Londres d'août 1896, sur 1210 enfants atteints de diverses maladies cutanées, il y en avait 74 auxquels le diagnostic prurigo pouvait être appliqué. D'autre part, à la polyclinique des maladies cutanées de la consultation de M[r] le professeur Grancher, sur 500 petits malades, 60 étaient reconnus atteints de prurigo. Quant à nous, à la polyclinique de notre excellent Maître M. le professeur Perrin, nous avons pu relever dans le cours de ces dernières années les 105 observations qui font l'objet de ce modeste travail. Pour l'année 1898 seule, sur 338 enfants à qui notre Maître a prodigué ses soins, nous avons constaté 18 cas de prurigo ; en 1899 sur 369 enfants le nombre des prurigos s'est élevé à 28, soit une proportion moyenne de près de 6 pour 100 sur la totalité des affections cutanées.

I

Prurigo simplex

Ainsi que l'on a pu s'en rendre compte dans notre histori- que, c'est une affection connue de longue date, mais qui a été souvent confondue avec d'autres ou méconnue et décrite comme nouvelle. C'est une des scrofulides boutonneuses bénignes de Bazin, c'est le strophulus de Willan, Rayer et Hardy, et c'est sous ce nom qu'elle a été en général le plus étudiée. Bateman la désigna du nom de lichen urticatus et E. Vidal l'appela lichen simplex aigu. Colcott Fox et Hébra la décrivirent sous le nom d'urticaire papuleuse. Le mot de prurigo temporaire autotoxique qui lui fut donné par Tommasoli constituait déjà un réel progrès, mais le qualificatif de temporaire autotoxique fut trouvé mauvais puisque les éruptions peuvent avoir des allures successives ou récidivantes des plus nettes, et c'est alors que M. Brocq la désigna sous le nom de prurigo simplex pour indiquer la pureté de son type morbide.

Fréquence.

Le prurigo simplex n'est pas rare : nous avons pu en réunir près de 70 observations, à la polyclinique de notre Maître, qui n'est fréquentée que par la classe ouvrière et pauvre : or nous ferons observer que chez les miséreux, peu soucieux de leur personne, cette affection doit souvent passer inaperçue, car d'ordinaire elle retentit très peu sur la santé générale de l'enfant ; mais, d'après M. le professeur Perrin, elle est toute aussi fréquente dans la classe aisée et la clientèle riche, où souvent les enfants, sous l'influence d'une suralimentation exagérée, sont sujets à des troubles gastro-intestinaux.

Age.

Chez tous nos petits malades le début s'est fait à l'âge de 4, 8, 10, 15, 18, 20, 22 mois, 2, 3, 4, 5 et 6 ans, et le plus âgé d'entre eux avait 7 ans. C'est donc une maladie de la plus tendre enfance, qui semble avoir son maximum d'action dans les deux premières années de la vie. D'ailleurs, Darier a déjà fait remarquer qu'on en voyait beaucoup moins à l'hôpital Saint-Louis, spécialement affecté aux maladies cutanées que dans les cliniques d'enfants, et nous avons pu nous rendre compte par nous-même de l'exactitude de ce fait.

La papulo-vésicule.

La lésion élémentaire caractéristique est une petite papule blanc rosée ou rouge plus ou moins vif, du volume d'un grain de millet, et dépassant rarement celui d'une petite lentille. Elle a la forme circulaire, d'un cône surbaissé, mais en général son sommet est aplati ou arrondi. Elle est entourée d'une petite aréole rouge qui se confond insensiblement avec la peau

saine. La palpation donne une consistance ferme et élasti-
que.

Le sommet de cette petite saillie offre des caractères par-
ticuliers et caractéristiques de l'affection : Quand elle est
toute récente, on y distingue une légère teinte blanchâtre,
opaline, tenant à une petite accumulation de sérosité formant
une toute petite vésicule : assez rarement elle devient franchement vésiculeuse. La piqûre de ce point peut faire sourdre
une trace de liquide clair : telle est la papulo-vésicule. Au bout
de quelques heures et très rapidement elle se recouvre à son
centre d'une petite croûte jaune brun, dont les dimensions
sont celles d'une petite tête d'épingle, qui résulte de la dessic-
cation de la tache vésiculeuse du début. Autour de la croûtelle on voit souvent une fine desquamation lamelleuse, et
parfois, la croûtelle elle-même a l'aspect d'une fine squame
nacrée et présentant au centre un disque plus épais et plus co-
loré (Brocq).

Si la lésion a été excoriée par le grattage, la croûtelle est
plus foncée, rouge ou noirâtre et plus épaisse. Quelques jours
plus tard, la croûte tombe, les papules se résorbent et il reste,
d'ordinaire, une petite macule, pigmentée, brunâtre, qui finit
par disparaître ; mais chez les sujets qui se sont grattés, elle
peut être remplacée par des petites cicatrices brillantes d'aspect nacré.

L'apparition de ces éléments se fait surtout la nuit, et comme
la période d'état dure à peine quelques heures, on voit presque toujours l'éruption en voie de régression, c'est-à dire la
papule surmontée de sa petite croûtelle jaunâtre sans aréole
érythémateuse. Assez souvent, cependant, l'éruption semble
commencer par des éléments d'urticaire, ou les papules semblent se former sur une base urticarienne. Nous avons eu
l'occasion de constater ce phénomène sur 14 de nos sujets, et
il est fort probable que ce mode de début doit échapper sou-

Apparition
des
éléments.

Éléments
orties.

vent aux personnes chargées de la surveillance des enfants.

Quoi qu'il en soit, l'éruption est essentiellement disséminée et généralement diffuse. Les premières régions atteintes sont d'ordinaire les membres supérieurs et, en particulier, la face externe des bras et des avant-bras, les membres inférieurs — face externe des cuisses — la partie supérieure du tronc — dos et poitrine. — Cette dermatose semble ainsi avoir des lieux d'élection qui sont le genou, la face externe des membres inférieurs, le coude, la face dorsale des mains et des doigts. Certaines régions sont presque toujours respectées : la partie supérieure du visage, la face interne des bras, des cuisse est la région génitale. La paume de la main et la plante des pieds sont généralement indemnes ; cependant, Colcott Fox, Dubreuilh les ont vu atteintes, et nous-même nous l'avons observé chez une fillette de vingt-deux mois, qui fait l'objet de l'observation XXXII, et le prurit semblait y être beaucoup plus douloureux.

La durée de chaque élément varie, suivant son degré de développement, de 4 à 10 jours (Brocq). Ils sont toujours distincts les uns des autres, n'arrivent jamais à se toucher et à former des plaques définies.

L'affection évolue par production successive de nouvelles papules ; on y voit des éléments de tous les âges et leur abondance est très variable. Les poussées éruptives se font presque toujours la nuit : quelquefois pendant la journée, sous l'influence de la chaleur.

Les sensations douloureuses sont plus ou moins vives : elles sont presque toujours intenses : il y a certaines périodes de calme complet ou relatif avec exacerbation le soir et surtout pendant la nuit. Ce sont des sensations de picotements, d'élancements, parfois même de brûlures ; mais ce qui domine tout, c'est le prurit, qui, chez certains enfants, est une véritable torture. Il apparaît en même temps que les éléments nouveaux, occupe le même siège et est instamment lié à leur abondance. Mais est-il consécutif à la vésiculo-papule, ou bien cette dernière n'est-elle produite que par le traumatisme résultant de l'action du grattage? E. Besnier reconnaît la priorité du prurit : « Le prurit est antérieur et supérieur aux lésions : la papule n'est ni l'origine, ni la cause: le prurit survit aux papules, les papules ne survivent pas au prurit. » E. Vidal avait mis en lumière aussi l'influence nocive du grattage, et M. Jacquet, par des expériences remarquables, a montré à nouveau toute l'influence que le grattage exerce pour amener les éruptions papuleuses ou urticariennes. Il suffit de soustraire aux excitations extérieures par l'enveloppement, un malade atteint de prurit et d'éruption prurigineuse pour voir disparaître les éruptions d'abord, le prurit ensuite. « Ce n'est pas l'éruption qui est prurigineuse, c'est le prurit qui devient éruptif » (Jacquet).

Le prurit comme l'éruption est essentiellement nocturne ; l'enfant a un accès en se couchant, car le lit agit non seulement par l'élévation de la température, mais encore par le simple changement de température auquel le malade est soumis au moment où il se déshabille ; parfois, tout sommeil devient impossible. En se levant, il peut avoir un nouvel accès, par suite d'une nouvelle influence extérieure et pendant le jour, la chaleur peut aussi lui donner quelques démangeaisons.

Mais, fait à retenir, et qui constitue l'un des traits distinc- État de la peau. tifs de la maladie, malgré le grattage continuel occasionné par ce prurit intense, il ne se forme jamais de plaques d'infiltration et jamais il ne se produit d'eczématisation ni de lichénification vraie de la peau. Celle-ci conserve toujours son épaisseur normale ; elle reste moite et souple ; on ne trouve point de zones érythémateuses suintantes et point d'hypertrophie ganglionnaire.

Nous avons vu le prurigo simplex sévir presque avec une Saisons.

égale fréquence dans tous les mois de l'année ; cependant nous sommes obligés de reconnaître, avec les auteurs, que le début remonte souvent à la période des saisons chaudes. La durée en est fort variable ; il y a des cas qui ne durent que quelques jours, mais en général, après une période d'acuité, les poussées deviennent moins intenses, puis elles finissent par cesser. Parfois, il y a des périodes d'accalmie, suivies de recrudescence, mais en général l'évolution se fait dans l'espace de deux semaines à deux mois.

Terminaison.   La terminaison est toujours favorable et la guérison s'opère avec retour complet à l'intégrité normale des téguments. Les troubles généraux imprimés à l'organisme sont ordinairement peu importants ; la santé générale reste bonne, sauf peut-être dans certaines formes intenses où le prurit par l'insomnie et l'éréthisme nerveux qu'il provoque amènent un amaigrissement notable. Nous n'avons que très rarement observé des cas de ce genre.

PRURIGO SIMPLEX SUBACUTUS. — A côté du prurigo aigu, *simplex acutus*, dont nous venons de donner le type, nous devons admettre l'existence de faits à allure prolongée, durant des mois, revenant à intervalles variables, ne s'accompagnant comme dans la forme aiguë ni d'eczéma, ni de lichénification et qu'on appelé *prurigo simplex subaigu*. C'est une affection caractérisée par des poussées d'éléments identiques, ayant la même étiologie, s'accompagnant des mêmes phénomènes subjectifs, mais pouvant se prolonger pendant des années. Nous avons pu en réunir quelques cas, que nous signalons dans l'ensemble de nos observations.

Observation I

Prurigo simplex subaigu

21 avril 1890. — Garçon de quatre ans.

Depuis deux ans, il a des poussées d'une éruption papulo-vascu-leuse identique à celle dont il est atteint aujourd'hui ; il se présente avec le corps couvert de petites papules excoriées, très fines. Sans eczématisation ni lichénification de la peau. Démangeaisons vio-lentes.

Comme origine à ce prurigo, nous trouvons une alimentation mal réglée, très épicée et trop abondante ; une constipation opiniâtre ne cédant qu'à l'usage des lavements ; un nervosisme exagéré ; un carac-tère très irritable.

Observation II

Prurigo simplex aigu

Avril 1894. — Garçon de six ans.

Pendant l'été de 1893, atteint d'une rougeole avec broncho-pneu-monie.

Depuis cette époque, éruption de petites papules très fines, bril-lantes, très prurigineuse, généralisée sur les membres supérieurs et inférieurs.

Observation III

Prurigo simplex subaigu

Mai 1894. — Garçon de quatre ans et demi.

Prurit généralisé depuis les premiers mois de la vie. Aujourd'hui éruption papulo-vésiculeuse sur les membres inférieurs (face anté-rieure) et sur la face externe des membres supérieurs. Ecarts diges-tifs nombreux : surcharge alimentaire constante. Gros ventre. Genu valgum double.

Observation IV

Prurigo simplex aigu

20 juillet 1895. — Garçon de trois ans.

Mauvaise alimentation. Gros ventre.

Eruption disséminée sur tout le corps, plus abondante sur les membres inférieurs, discrète sur le tronc, d'éléments papuleux rosés ou coiffés d'une croûtelle brunâtre suivant leur âge, très prurigineux ; quelques-uns, excoriés par le grattage, ont une croutelle plus foncée et sanguine. Procède par poussées successives.Quelques éléments ont une base urticarienne.

Observation V

Prurigo simplex aigu

13 novembre 1894. — Garçon de deux ans.

Enfant chétif et malingre ; teint pâle et anémié ; dentition retardée et pénible ayant amené un fâcheux retentissement sur l'état général. Atteint de constipation opiniâtre.

Peau couverte de petites papules de la dimension d'un grain de millet, rosées, très prurigineuses, disséminées sur tout le corps, la plupart à leur sommet sont excoriées et recouvertes d'une croûtelle adhérente, jaunâtre, d'aspect brillant. Pas d'eczématisation ni de lichénification.

Observation VI

Prurigo simplex subaigu

13 novembre 1894. — Garcon de quatre ans.

Depuis sept mois, poussées successives sur la région externe des membres supérieurs, la face extérieure des cuisses et le bassin,d'une éruption constituée par des éléments papulo-vésiculeux, prurigineux, sans retentissement local ni ganglionnaire.

Observation VII

Prurigo simplex aigu

Mai 1895. — Fillette de huit mois.

Pas de dents. Se présente avec une éruption papulo-vésiculeuse, très prurigneuse sur le tronc et les membres, sans autre lésion surajoutée.

Élevée au sein, mais selles abondantes et fétides.

Observation VIII

Prurigo simplex aigu

Juin 1895. — Bébé de vingt mois.

Dentition complète. Sevré depuis deux mois. Alimentation mal comprise et mal choisie. Depuis un mois, éruption papulo-vésiculeuse sur le tronc et les membres.

Observation IX

Prurigo simplex aigu

Juin 1895. — Fillette de quatorze mois.

Atteinte d'entérite avec diarrhée verte jusqu'à l'âge de six mois.

Corps entier couvert de petites papules excoriées à leur sommet, sans réaction bien marquée du côté de la peau. Démangeaisons violentes.

Observation X

Prurigo simplex aigu

Avril 1896. — Fillette de vingt et un mois.

Mal alimentée : constipation habituelle.

Depuis quatre à cinq mois, éruption de papulo-vésicules, excoriées, recouvertes d'une croûtelle jaunâtre, prurigineuse.

Observation XI

Prurigo simplex subaigu

Mai 1896. — Fillette de deux ans et demi.

Caractère irritable : nervosisme exagéré, sursautant durant son sommeil. Depuis un an, fréquentes poussées d'éruption, papuleuse, prurigineuse, disséminée sur tout le corps.

Observation XII

Prurigo simplex aigu

Mai 1896. — Garçon de dix-huit mois.

Jusqu'à l'âge de treize mois, nourri au biberon ; depuis, mis au régime ordinaire de ses parents. Aussi, depuis quinze jours, éruption papulo-vésiculeuse sur les membres supérieurs et inférieurs, très discrète sur le tronc et très prurigineuse.

Observation XIII

Prurigo simplex aigu

Mai 1896. — Fillette de dix mois.

Mal nourrie. Éruption papulo-vésiculeuse généralisée très prurigineuse, sans lésion de grattage.

Observation XIV

Prurigo simplex aigu

Juin 1896. — Fillette de vingt-cinq mois.

Elevée au biberon. A vingt mois, rougeole. Alimentation carnée exagérée. Depuis un mois, éruption papulo-vésiculeuse, abondante surtout sur les membres inférieurs.

Observation XV

Prurigo simplex aigu

Juin 1896. — Garçon de quinze mois.

Travaille aux canines ; a déjà huit incisives. Alimentation mal réglée ; selles diarrhéiques.

Éruption papulo-vésiculeuse sur les avant-bras, le dos et la région lombaire, prurigineuse et empêchant tout sommeil.

Observation XVI

Prurigo simplex aigu

Juillet 1896. — Fillette de deux ans.

Corps entier couvert de petites papules excoriées très fines, sans lésions surajoutées.

Démangeaisons violentes la nuit seulement.

Bon appétit : selles un peu fétides.

Observation XVII

Prurigo simplex aigu

Juillet 1896. — Fillette de deux ans.

Éruption papulo-vésiculeuse sur les membres supérieurs et inférieurs.

Amaigrissement assez marqué depuis le début, remontant à deux mois ; démangeaisons donnant de fréquentes insomnies. Pas d'hypertrophie ganglionnaire.

Observation XVIII

Prurigo simplex suraigu

19 novembre 1896. — Enfant de sept ans.

Bien portant jusqu'ici, très impressionné par la mort de son frère âgé de trois ans, voit sortir, dans l'espace d'une nuit, de nombreux éléments papulo-vésiculeux, très prurigineux, rouge vif, d'une dimension d'une tête d'épingle, disséminés sur tout le corps, sans autres lésions surajoutées.

3

Observation XIX

Prurigo simplex aigu

Novembre 1896. — Garçon de vingt-six mois.

Régime mal approprié à son âge (viande en abondance, vin, café).

Eruption papulo-vésiculeuse, prurigineuse, sur la face externe des membres supérieurs et la face antérieure des membres inférieurs.

Observation XX

Prurigo simplex subaigu

1er mai 1897. — Garçon de vingt-six mois.

Nourri d'abord par sa mère pendant trois mois, puis envoyé à la campagne durant six mois ; enfin, dernière nourrice au domicile de ses parents jusqu'à l'âge de quatorze mois, époque du sevrage. Ces change-ments répétés de lait, joints depuis le sevrage à une alimentation défec-tueuse et non appropriée à son âge, occasionnent des phénomènes gastro-intestinaux assez intenses et du côté de la peau des poussées répétées de papulo-vésicules, très prurigineuses, disséminées sur tout le corps et, en particulier, sur les membres inférieurs. Pas de réaction marquée du côté de la peau.

Observation XXI

Prurigo simplex aigu

26 juin 1897. — Enfant de deux ans.

Éruption papulo-vésiculeuse, prurigineuse, sans réaction du côté de la peau, disséminée d'une façon discrète sur les membres et sur le vi-sage, datant de quinze jours et survenue sous l'influence d'écarts de régime répétés.

Comme antécédents héréditaires, nous trouvons un grand-père atteint de psoriasis, un père névropathe et un frère aîné atteint d'entérite muco-membraneuse. Sous l'influence d'un régime et du traitement, ces vésiculo-papules disparaissent au bout de quelques jours.

Observation XXII

Prurigo simplex aigu

30 octobre 1897. — Fillette de trois ans et demi.

En 1896, à la suite d'un embarras gastrique, purpura exanthéma-tique. Il y a environ trois mois, fièvre typhoïde et pendant la conva-lescence apparitions de petites papules, fines, très prurigineuses, disséminées sur tout le corps.

Ajoutons à cela une constipation habituelle par suite d'une alimen-tation mal comprise, un nervosisme exagéré : des terreurs nocturnes fréquentes.

Observation XXIII

Prurigo simplex aigu

22 décembre 1897. — Garçon de deux ans.

Atteint de constipation opiniâtre. Eruption de plaques érythé-mateuses urticariennes, prurigineuses, présentant au centre une vésiculo-papule, disséminées sur le tronc et les membres.

Sa mère est atteinte d'acné pustuleuse de la face, son père d'alopécie séborréique, et sa grand'mère paternelle est en proie à des phobies.

Observation XXIV

Prurigo simplex aigu

17 janvier 1898. — Enfant de quatre mois.

Elevé au sein par une nourrice mercenaire, buvant une énorme quantité de vin et pas du tout surveillée. Ses tétées ne sont pas réglées il prend le sein à chaque instant, et le garde, paraît-il, toute la nuit. Comme conséquence de cette alimentation vicieuse, éruption papulo-vésiculeuse, sans élément surajouté, très prurigineuse, réveillant l'en-fant et déterminant une violente agitation.

Observation XXV

Prurigo simplex aigu

25 janvier 1898. — Enfant de vingt mois.

Atteint de constipation opiniâtre : très irritable, dentition retardée, écarts digestifs nombreux, surcharge alimentaire et principalement abus de chocolat cru. Corps entier couvert par une éruption extrêmement prurigineuse de petites papules dont quelques-unes sont excoriées sous l'influence du grattage et la plupart reposent sur une base érythémateuse urticarienne.

Observation XXVI

Prurigo simplex aigu

23 avril 1898. — Enfant de vingt-deux mois.

Mal nourri, ne suivant aucun régime spécial, soigné depuis deux mois pour une éruption prise jusqu'ici pour de la gale. Cuir chevelu et corps entier couvert de petites papules excoriées, sans sérosité, prurigineuses, sans élément surajouté.

Observation XXVII

Prurigo simplex aigu

Juin 1898. — Garçon âgé de quatorze mois.

Venu à terme, a actuellement huit dents, sevré depuis deux mois. Aussitôt après le sevrage, apparition d'éléments papulo-vésiculeux, disséminés sur les membres et sur le tronc, très prurigineux, pas de lésion surajoutée. Démangeaisons violentes la nuit seulement et réveillant l'enfant.

L'appétit se maintient bon, les selles sont régulières mais il y a une surcharge alimentaire continuelle, il mange l'ordinaire de ses parents et souvent même en dehors des repas.

Observation XXVIII

Prurigo simplex aigu

7 juin 1898. — Enfant de trois ans.

Elevé au sein, mais à l'âge de six mois, il a pris le lait d'une nourrice tuberculeuse. Atteint habituellement de constipation, caractère très irritable et très impressionnable.

Eruption papulo-vésiculeuse, très prurigineuse.

Observation XXIX

Prurigo simplex aigu

11 septembre 1898. — Garçon de trois ans.

Alimentation mal réglée : viande en abondance.

Éruption papulo-vésiculeuse disséminée sur les membres et sur le visage, avec éléments érythémateux urticariens.

Observation XXX

Prurigo simplex subaigu

11 novembre 1898. — Garçon de trois ans.

Depuis environ six mois éruption papulo-vesiculeuse sur la face externe des membres supérieurs, la face dorsale des mains, la face antérieure des membres inférieurs ; peu répandue sur le tronc ; donnant lieu à de vives démangeaisons.

Otorrhée du côté gauche: gros ventre; teint lymphatique; petite toux sans lésion pulmonaire appréciable.

Observation XXXI

Prurigo simplex aigu

17 novembre 1898. — Fillette de vingt mois.

Depuis une quinzaine de jours, éruption de papulo-vésicules, constituées par une petite élevure de couleur rouge jaunâtre supportant une petite vésicule contenant une gouttelette de sérosité ; quelques-unes excoriées par le grattage sont recouvertes par une croûtelle brunâtre et légèrement ombiliquée. Ces éléments sont surtout abondants sur la face (joues et front, point sur le menton), sur les membres supérieurs et inférieurs; peu sur le tronc. Pas de réaction du côté de la peau, ni signes de grattage, malgré un prurit violent et nocturne; pas d'eczématisation, ni d'adénopathies.

Elevée au sein jusqu'à quinze mois, mais son allaitement fut défectueux ; la mère, très nerveuse, surmenée par des fatigues excessives et ne pouvant réparer ses forces par une alimentation tonique et réparatrice, n'a jamais pu lui donner une nourriture très abondante, et depuis son sevrage cette enfant mange comme ses parents (viande rôtie, charcuterie. plats épicés, vin, café, etc., etc.

L'état général est resté bon : les selles sont régulières ; la dentition s'est bien effectuée elle a 12 dents et jusqu'ici l'éruption n'a provoqué aucun retentissement fâcheux sur l'économie.

Observation XXXII

Prurigo simplex subaigu

Décembre 1898. — Fillette de vingt-deux mois.

Bien nourrie jusqu'à dix-huit mois au sein de sa mère. Ces jours derniers, un peu d'embarras gastrique avec diarrhée abondante et fétide. Aujourd'hui éruption papulo-vésiculeuse, jaunâtre, prurigineuse disséminée sur les membres et sur le tronc, et, chose curieuse à signaler, assez abondante à la face plantaire et y occasionnant un prurit très douloureux.

Dans les antécédents personnels de cette enfant nous trouvons une poussée d'éléments éruptifs identiques à ceux que nous décrivons plus haut survenue au mois d'août au moment du sevrage ; ces « boutons entre deux peaux », selon l'expression de la mère, survenaient principalement la nuit et rendaient l'enfant très irritable.

Observation XXXIII

Prurigo simplex aigu

3 décembre 1898. — Garçon de deux ans.

Elevé au sein par une nourrice mercenaire jusqu'à sept mois ; puis nourri au biberon jusqu'à vingt-deux mois. Depuis cet âge mange comme ses parents et à tout instant de la journée. Au bout de deux mois de ce régime, éruption de papulo-vésicules prurigineuses uniformément répandues sur tout le corps.

Appétit bon ; un peu de diarrhée fétide. Quelques lésions impétigineuses sur la face.

Observation XXXIV

Prurigo simplex aigu

Décembre 1898. — Garçon d'un an.

Depuis quinze jours, éruption de plaques urticariennes centrées par une très petite vésicule. Revu quinze jours après, on constate une disparition complète des éléments urticariens : mais il reste des papulo-vésicules avec croûtelle jaunâtre.

Cet enfant a 5 dents : il prend encore le sein, mais ses tétées sont mal réglées et les parents lui donnent aussi force cuillerées de soupe et toutes espèces d'aliments à sucer.

Observation XXXV
Prurigo simple aigu

20 janvier 1899. — **Fillette de trois ans et demi.**

Sevrée à onze mois, très nerveuse et ayant des insomnies fréquentes, provoquées par une éruption d'éléments urticariens centrés le plus souvent par une papulo-vésicule très prurigineuse.

Observation XXXVl
Prurigo simple subaigu

4 février 1899. — **Fillette de deux ans.**

Depuis août 1898, éruption par poussées successives de petites papulo-vésicules, très prurigineuses, surtout la nuit.

Observation XXXVII
Prurigo simple suraigu

17 février 1899. — **Garçon de cinq ans et demi.**

Dans la nuit du 15 février, apparition d'une éruption papulo-vésiculeuse, disséminée sur le tronc et le dos, en petite quantité sur les membres, dont les éléments vont de la simple papule jusqu'à la vésicule avec pus et donnent lieu à une démangaison très vive. C'est à la région cervicale postérieure qu'elle est caractéristique : nous y voyons des papules disséminées supportant une vésicule purulente grosse comme une tête d'épingle et légèrement ombiliquée. Une aréole assez intense entoure la papule et lui donne un aspect urticarien. Parmi les éléments en pleine période d'état nous en trouvons d'autres en voie de régression ; en effet, quelques papules ont, à leur sommet, au lieu et place de la vésicule, une légère croûtelle jaune quand elle a été respectée par le grattage, et noirâtre quand elle a été excoriée.

Tout cela a évolué sans réaction générale : ni fièvre, ni embarras gastrique. Nous avons chez cet enfant un état névropathique, s'étant affirmé déjà par des convulsions ; des terreurs sans cause connue le tiennent dans un perpétuel émoi, et dans l'après-midi du 14 février' quelques masques aperçus dans la rue auraient suffi, d'après la mère, pour être la cause de l'éruption subitement sortie pendant la nuit : explication fort acceptable d'ailleurs.

Le 18 février l'enfant revient à la polyclinique, et nous constatons que la majorité des papulo-vésicules se sont séchées ; quelques-unes se sont troublées.

Observation XXXVIII

Prurigo simple aigu

23 mars 1899. — Garçon de dix-huit mois.

Elevé au sein jusqu'à quatorze mois, mais depuis l'âge de sept mois, la mère n'ayant pas assez de lait, y suppléait par de petites soupes, et après le sevrage son alimentation ne fut plus surveillée. Bon appétit, mais constipation habituelle.

Depuis un mois, lésions papulo-vésiculeuses sur les membres inférieurs et supérieurs. Sommeil agité par de vives démangeaisons.

Observation XXXIX

Prurigo simple aigu

Mars 1899. — Enfant de trois ans et demi.

Atteinte de constipation opiniâtre avec débacle de selles fétides et diarrhéiques.

Alimentation exclusivement carnée ; abus de chocolat.

Éruption papulo-vésiculeuse, très prurigineuse, sans autre élément surajouté.

Observation XL

Prurigo simple aigu

Mars 1899. — Fillette de treize mois.

Nourrie par sa mère jusqu'à douze mois, lorsque celle-ci tomba malade et fut obligée de la sevrer brusquement. L'enfant qui avait joui jusqu'alors d'une très bonne santé eut une diarrhée abondante et une éruption d'éléments urticariens centrés par une papulo-vésicule et très prurigineux, disséminés sur les membres et sur le haut du visage.

Revue quelques jours après, il ne reste plus de lésions urticariennes : on ne trouve que des papules desséchées et recouvertes par une croûtelle brunâtre. Le tube digestif fonctionne bien : il n'y a plus de diarrhée.

Observation XLI
Prurigo simplex aigu

Avril 1899. — Fillette de deux ans.

Éruption papulo-vésiculeuse, disséminée principalement sur les membres inférieurs.

Diarrhée abondante : écarts digestifs nombreux.

Observation XLII
Prurigo simplex aigu

Mai 1899. — Garçon de dix-huit mois.

Atteint de rachitisme : 8 dents ; mal alimenté.

Éruption papuleuse, très fine, très prurigineuse ; un peu excoriée. Quelques lésions de grattage ; pas d'adénopathie.

Observation XLIII
Prurigo simplex suraigu

Juin 1899. — Garçon de seize mois.

Depuis huit jours, éruption papulo-vésiculeuse, assez prurigineuse, mais très discrète, survenue brusquement à la suite d'une indigestion.

Observation XLIV
Prurigo simplex aigu

Juin 1899. — Fillette de dix mois.

Éruption de petites papules, nacrées et brillantes, très fines, sans lésions surajoutées, démangeaisons violentes empêchant tout repos.

Observation XLV

Prurigo simplex aigu

Juin 1899. — Fillette de onze mois.

Enfant élevée au sein ; tétées mal réglées. avec regurgitations abondantes et fréquentes. Il y a un mois, éruption papulo-vésiculeuse, ayant succédé à des placards urticariens.

Observation XLVI

Prurigo simplex aigu

Juin 1899. — Garçon de vingt et un mois.

Eruption sur les membres inférieurs (région antérieure), le dos, les fesses, de plaques urticariennes supportant une petite vésicule, très prurigineuses, entremêlées de papulo-vésicules, excoriées avec croûtelle brunâtre.

Lésions de grattage, mais pas de lichénification.

Écarts digestifs nombreux ; surcharge alimentaire.

Observation XLVII

Prurigo simplex aigu

Juillet 1899. — Enfant de quatre ans.

Depuis un mois et demi, éruption papulo-vésiculeuse sur les membres inférieurs (face antérieure) ; les membres supérieurs (côté externe) et sur le tronc.

Observation XLVIII

Prurigo simplex aigu

Août 1899. — Fillette de quinze mois.

Depuis le sevrage, remontant à trois mois, éruption papulo-vésiculeuse, prurigineuse, avec éléments urticariens.

Observation XLIX

Prurigo simplex aigu

20 septembre 1899. — Enfant de dix-sept mois.

Venant d'être sevré. Depuis un mois, alimentation trop substantielle pour son âge (viande, cervelle) ; met les molaires.

Il a les paupières supérieures œdématiées, rouges, un peu eczématisées et sur le visage et les membres supérieurs, peu sur le tronc et sur les membres inférieurs, éruption de plaques urticariennes, très prurigineuses, surmontées par une petite vésicule.

Observation L

Prurigo simplex aigu

28 novembre 1899. — Enfant de dix-huit mois.

A eu, au mois de mars, la rougeole, et aussitôt après, éruption sur les membres et sur le dos, de papulo-vésicules, accompagnées de démangeaisons violentes.

Cette enfant mange constamment quelque brioche ou quelque sucrerie et fait de fréquents excès de nourriture.

Observation LI

Prurigo simplex aigu

21 décembre 1899. — Fillette de quinze mois.

Élevée au biberon, a eu de la gastro-entérite cet été, et depuis éruption vésiculo-papuleuse, très prurigineuse sur les membres, peu sur le tronc et au visage.

Observation LII

Prurigo simplex subaigu

Décembre 1899. — Fillette de vingt-trois mois.

Constipation habituelle. Depuis huit mois, éruption de petites papules, très fines, sans sérosité, brillantes et très prurigineuses sans autre lésion de la peau.

Observation LIII

Prurigo simplex aigu

4 décembre 1899. — Garçon d'un an.

Il y a un mois, éruption papulo-vésiculeuse sur les membres, le cou et le tronc, très prurigineuse et légèrement eczématisée sur le bras gauche.

Bébé encore au sein, il le prend volontiers, mais les tétées sont mal ordonnées; il tète quand il veut, et lorsqu'il crie on ne trouve rien de mieux que de lui donner encore le sein. Constipation rebelle ne cédant qu'à l'usage des lavements.

Sa mère, toujours bien portante, a eu un violent effroi durant sa grossesse. Il a une sœur aînée de deux ans, qui a eu aussi de l'urticaire durant son enfance.

Observation LIV

Prurigo simplex subaigu

Janvier 1900. — Garçon de seize mois.

C'est un enfant encore nourri au sein ; il marche bien ; pas de troubles digestifs habituels, ni constipation, ni diarrhée. Son ventre est néanmoins volumineux et sa mère lui donne à téter toutes les fois qu'il le désire.

Depuis l'âge de quatre mois, éruption d'éléments urticariens supportant une petite papulo-vésicule. Pas de réaction marquée du côté de la peau. Démangeaison violente la nuit principalement et réveillant l'enfant. C'est le type de l'ancien *strophulus*.

La mère aurait éprouvé en le nourrissant une vive frayeur, et c'est de ce moment-là que daterait l'éruption.

Observation LV

Prurigo simplex aigu

19 janvier 1900. — Garçon de quatorze mois.

Enfant nourri par sa mère jusqu'à l'âge de neuf mois ; mais, comme la lactation la fatiguait, elle lui donnait plus souvent le biberon que le sein. Obligée de s'absenter, elle le confie à une Italienne qui, tout en continuant le biberon, juge bon d'y ajouter des soupes de toutes sortes, du vin, etc. Des phénomènes lientériques ne tardèrent pas à se produire, et apparut une éruption, sur les fesses, la région postérieure des cuisses, de petits papules très fines, excoriées à leur sommet et recouvertes, les unes d'une croûte jaunâtre, les autres d'une croûte sanguine, sans autre réaction du côté de la peau.

La mère a eu deux enfants, le premier, avant terme, à sept mois encore vivant ; et durant la grossesse du second, qui fait l'objet de cette observation, elle aurait été très fatiguée par des vomissements incoercibles et un état de santé peu florissant.

Observation LVI

Prurigo simplex aigu

29 mars 1900. — Fillette de trois ans.

Depuis huit jours, éruption de papulo-vésicules sur le tronc, la région dorsale et la partie antéro-inférieure des cuisses.

Enfant maigre et chétive ; teint anémié, très nerveuse et très irritable. L'an dernier, rougeole suivie d'embarras gastrique assez grave. Dilatation de l'estomac. Dentition tardive ; met encore ses premières molaires. Alternative de diarrhée et de constipation.

PRURIGO ATYPIQUE. — Nous devons admettre enfin, dans une troisième variété que nous appellerons *prurigo à lésions polymorphes* ou *prurigo atypique,* des faits qui, dans leur ensemble, présentent la physionomie générale des cas typiques du prurigo simplex, mais qui en diffèrent tantôt par des localisations un peu insolites, plus souvent par les caractères morphologiques de l'éruption et par des exacerbations durant la saison d'hiver. L'éruption est ici plutôt du type polymorphe et nous y rencontrons les éléments papuleux des diverses formes (papules de lichen et de prurigo des anciens auteurs, grosses séro-papules de strophulus) ; le processus de vésiculation peut devenir véritablement bulleux, ou bien la vésicule, au lieu de rester claire, se remplit d'un liquide louche ou purulent pour former une vraie pustule. Quelquefois les éléments ortiés dominent la scène ; ailleurs, nous trouvons des placards eczémateux avec ou sans pyodermites dues à des inoculations secondaires. Toutes ces lésions aboutissent à une hypertrophie ganglionnaire et, sans avoir encore de lésions profondes de la peau, qui n'ont pas eu le temps de se produire, ces cas sont pour la plupart des prurigos de Hébra à leur début et constituent les faits de passage dont nous avons parlé dans le chapitre Ier, existant d'une part entre le type prurigo simplex et le type urticaire vraie; d'autre part entre le prurigo simplex et le prurigo de l'École de Vienne. Dans chacun d'eux se trouvent mélangés les mêmes éléments éruptifs ; le prurit est le phénomène dominant ; la modalité éruptive diffère suivant le mode de réaction de la peau (Feulard).

Nous avons cru pouvoir ranger, comme appartenant à cette troisième variété, les seize cas de prurigo qui font l'objet des observations qui suivent :

Observation LVII

Cas hybride à lésions urticariennes plus près du prurigo simplex

6 mai 1893. — Fillette de dix-huit mois.

C'est une enfant qui a été nourrie au sein jusqu'à seize mois; elle marche bien, mais sa dentition est en retard.

Depuis le sevrage, c'est-à-dire depuis deux mois, de la diarrhée, et poussées successives sur le tronc et les membres de plaques rosées, saillantes, prurigineuses, quelques-unes d'entre elles seulement sont centrées par une petite vésicule d'où la piqure fait sortir un liquide clair.

Observation LVIII

Fait de passage entre le prurigo simplex et le prurigo de Hébra

Juin 1895. — Fillette de treize mois.

Sevrée à dix mois ; durant son allaitement trois changements de nourrice. Depuis un mois érythème fessier et glossite exfoliatrice marginée. En outre sur le tronc et sur les membres, éruption papuleuse excoriée avec adénopathie inguinale.

Observation LIX

Fait de passage entre le prurigo simplex et le prurigo de Hébra

Mai 1896. — Fillette de trois ans et demi.

Depuis l'âge d'un an, éruption papuleuse, prurigineuse avec lésions de grattage et eczématisation.

Aspect rachitiqne, gros ventre.

Observation LX

Cas hybride. — Début de prurigo de Hébra

29 mars 1896. — Garçon de trois ans.

Né à terme. Allaitement maternel jusqu'à seize mois. A l'âge de six mois, glossite exfoliatrice marginée ; à dix mois, il a mis seulement ses premières dents et actuellement ses dents supérieures sont toutes cariées. A dix-huit mois varicelle et depuis cette époque il se plaint d'un prurit cutané sur tout le corps. C'est un enfant très irritable, d'un nervosisme exagéré et d'une alimentation très difficile, car il ne mange que par caprice et ce qu'il lui plaît (charcuterie, mets épicés, café); constipation habituelle.

Actuellement lésions papuleuses, volumineuses, excoriées pour la plupart, dans l'intervalle de ces éléments quelques plaques très prurigineuses urticariennes. Légère adénopathie inguinale.

Son affection date donc d'environ dix-huit mois pendant lesquels il n'a cessé de se plaindre de violentes démangeaisons, sauf pendant les trois mois du début de l'hiver où ces éléments avaient presque entièrement disparu.

Observation LXI

Cas hybride. — Début de prurigo de Hébra

6 novembre 1896. — Garçon de trois ans et demi.

Depuis l'âge d'un mois, éruption papuleuse très prurigineuse revenant toutes les saisons, deux ou trois fois par an. Ganglions lymphatiques un peu hypertrophiés, quelques papulo-vésicules excoriées et recouvertes d'une croûtelle sanguine. Sa mère a été malade durant le premier mois de sa grossesse, elle a été victime d'une tentative d'empoisonnement par l'arsenic.

Elevé au sein jusqu'à l'âge de treize mois, mais depuis son alimentation n'est plus surveillée, et comme c'est un gros mangeur, il y a des surcharges alimentaires fréquentes.

Observation LXII

Prurigo à grosses vésicules. — Eczéma séborréique. — Adénopathie cervicale

18 août 1896. — Garçon de cinq ans.

Nous avons affaire à un gros mangeur de viande. Depuis un mois éruption de grosses papulo-vésicules, excoriées à leur sommet, recouvertes d'une croutelle jaunâtre; quelques-unes ont subi la transformation purulente.

Dans le cuir chevelu, nous trouvons quelques plaques d'eczéma séborréique suintant avec abcès dermique ayant donné lieu à un certain retentissement sur le système lymphatique cervical.

Observation LXIII

Prurigo à grosses papulo-vésicules. — Eczématisation

19 novembre 1896. — Garçon de deux ans et demi.

Bel enfant, dentition complète. Bonne santé habituelle. Alimentation mal réglée, gros mangeur.

Eruption de gros éléments papulo-vésiculeux, disséminés sur les membres st sur le tronc, prurigineux, avec quelques lésions de grattage et un peu d'eczématisation du pénis, de la face inférieure des bourses et de la région interne des cuisses. Adénopathie inguinale.

Observation LXIV

Prurigo à forme vésiculeuse. — Eczéma séborréique

18 février 1897. — Fillette de deux ans.

A eu, il y a deux mois, éruption de plaques rouges, de la grandeur d'une lentille qui fut prise pour de la varicelle, et depuis quatre à cinq jours, nouvelle poussée d'éléments éruptifs du type vésiculeux, ayant les caractères du prurigo simplex.

L'enfant a en outre une plaque nummulaire d'eczéma séborréique sur le grand pectoral du côté gauche.

Sa mère est une séborréique et son père un obèse arthritique.

Observation LXV

Fait de passage entre le prurigo simplex et l'urticaire vraie

6 octobre 1897. — Enfant de trois ans.

Atteint d'entérite muco-membraneuse avec poussées de colite aiguë avec fièvre, ténesme anal, selles fréquentes, parfois sanguinolentes, en général fétides.

Éruption ayant débuté, il y a un an, par des plaques urticariennes blanches, prurigineuses, empêchant de dormir notre petit malade. Depuis deux mois sont survenues de petites papules, fines et brillantes sur les membres, localisées surtout du côté de l'extension. Pas d'eczématisation ni de lichénification.

Observation LXVI

Prurigo à forme bulleuse

17 octobre 1898. — Garçon de cinq ans.

A eu, à différentes reprises, plusieurs poussées de plaques blanches urticariennes, en rapport avec une nourriture composée exclusivement de poissons.

Actuellement, éruption de papulo-vésicules et de bulles à contenu clair, sans auréole rouge : en assez grande abondance sur le dos et les membres inférieurs. Rien au visage. Quelques bulles sont déjà en voie de régression et recouvertes d'une croûte brunâtre.

Observation LXVII

Prurigo avec lésions ecthymateuses et impétigineuses

17 novembre 1898. — Fillette de deux ans.

Il y a une quinzaine de jours, la mère a vu apparaître sur les fesses

4

de son enfant et sur la région externe des cuisses une éruption de petites papules grosses comme une tête d'épingle, s'excoriant sous l'influence du grattage, déterminé par un prurit violent survenant la nuit. Ces éléments ont fini par s'enflammer, sont devenus ecthymateux et impétigineux, et, par leur confluence, ils forment de petits placards ressemblant à de l'eczéma suintant.

L'éruption ne s'est pas localisée aux régions signalées plus haut : elle a envahi avec ces mêmes caractères de processus, les bras, les avant-bras et la face, nous constatons aussi un peu de séborrhée dans le cuir chevelu, et un peu d'eczéma derrière les oreilles.

Cette enfant qui, après avoir été sevrée à quinze mois, avait joui jusqu'ici d'une santé excellente, est un peu constipée. Son alimentation est assez régulière, mais elle mange une quantité énorme de pain entre ses repas.

Observation LXVIII

Prurigo à forme papuleuse, pustuleuse, impétigineuse

20 décembre 1898. — Fillette de neuf mois.

C'est la dernière née d'une famille de cinq enfants, tous bien portants. Depuis douze jours elle est atteinte d'une éruption polymorphe, papuleuse, prurigineuse, d'aspect brillant. Certains éléments ressemblent à des points nacrés, brunâtres : d'autres sont franchement papuleux, excoriés et suintants, inégalement répartis sur les membres supérieurs, sur le tronc, peu sur les membres inférieurs. Dans la région cervicale postérieure, quelques pustules du type impétigo suppurent : on trouve quelques croûtes vers le bas de la nuque.

Ce bébé a huit dents et n'en a plus fait depuis deux mois : elle a été élevée jusqu'ici au sein, mais d'une façon déréglée, et de temps en temps elle présente quelques phénomènes diarrhéiques.

Revue en novembre 1899, après avoir été sevrée en avril de la même année, elle présente actuellement une éruption de papulovésicules prurigineuses sur les membres supérieurs, le visage, les membres inférieurs. Quelques-unes sont confluentes et forment, par leur réunion, des plaques rouges, impétigineuses, suintantes, et d'autres franchement pustuleuses. Adénopathie inguinale et cervicale.

Son tube digestif fonctionne bien ; pas de diarrhée, mais le ventre est trop développé.

Durant l'intervalle des deux consultations, cette enfant a eu trois bronchites et la rougeole, pendant lesquelles l'éruption prurigineuse a disparu et a fait de nouveau son apparition durant la convalescence.

Revue en décembre 1899, son état général s'améliore de plus en plus : mais l'éruption persiste.

Observation LXIX

Prurigo à forme bulleuse

Juillet 1899. — Fillette de quatorze mois.

N'a que sept dents : depuis trois à quatre mois éruption papulo-vésiculeuse très prurigineuse, disséminée sur toute la surface du corps, avec quelques éléments bulleux sur la face plantaire droite et sur la jambe du même côté.

Observation LXX

Prurigo à forme pustuleuse avec pyodermite

Juillet 1899. — Garçon de vingt-huit mois.

A eu sept frères ou sœurs, tous morts entre six et neuf mois. Elevé au sein jusqu'à trois mois, sa mère ne pouvant plus le nourrir, lui donne ensuite le biberon. A dix mois, il commence à marcher. Mauvaise alimentation ; constipation très rebelle.

Depuis six mois, éruption papulo-vésiculeuse, très prurigineuse : dans les régions fessières, lombaires et sur les membres supérieurs on trouve de nombreuses macules et cicatrices, derniers vestiges de multiples pyodermites. Adénopathie inguinale.

Observation LXXI

Prurigo à forme pustuleuse, impétigineuse

25 août 1899. — Enfant de onze mois.

Sujet à des troubles digestifs fréquents : phénomènes diarrhéiques intenses; alimenté avec du lait stérilisé, la mère ne pouvant le nourrir.

Éruption polymorphe très prurigineuse ; la surface cutanée est couverte de papulo-vésicules, auxquelles il faut ajouter des pustules d'impétigo ; il y a un peu d'eczématisation de la peau de l'abdomen. Pas de lichénification. Revu en décembre 1899 ; sous l'influence d'un bon régime et du traitement, les éléments éruptifs ont complètement disparu et on ne constate aucune tendance à la transformation en prurigo de Hébra.

Observation LXXII

Fait de passage entre le prurigo simplex et le prurigo de Hébra

Septembre 1899. Garçon de neuf mois.

Éruption papulo-vésiculeuse, ayant débuté il y a trois mois par des éléments urticariens, très prurigineuse avec de nombreuses excoriations. Un peu d'adénopathie inguinale.

Enfant très en retard pour sa dentition ; il n'a pas encore une seule dent. Aspect rachitique ; gros ventre.

Diagnostic.　　Si nous avons essayé de décrire d'une manière aussi complète que possible le prurigo simplex, c'est pour démontrer qu'il constitue un type morbide bien spécial et pour le séparer définitivement des autres dermatoses similaires.

En effet, on ne saurait plus le confondre avec l'*urticaire* qui le complique fort souvent, mais dont il diffère par sa papule caractéristique qui survit à la lésion du début; ni avec l'*érythème polymorphe* dans sa forme papuleuse, car celle-ci affecte les segments terminaux des membres ; le prurit manque ; l'élément éruptif est plus durable ; ni avec les *miliaires*, car les éruptions sudorales ont des localisations spéciales et leurs éléments éruptifs sont plus petits.

Il se différencie également de l'*eczéma papuleux vrai*, car on n'y trouve point de plaques d'eczématisation véritable. La papule de l'eczéma n'est jamais urticarienne; elle est plus petite et moins dure; elle forme des nappes confluentes, suintantes, recherchant le côté de la flexion.

Il ne saurait pas plus avoir des relations avec le *lichen ruber acuminatus neuroticus* d'Unna, car ses papules ne se forment pas autour des follicules pileux, n'ont pas de tendance à donner naissance à de larges plaques et jamais il n'a de retentissement grave sur l'état général.

Nous avons vu, dans une de nos observations, que le prurigo simplex avait été pris au début pour de la varicelle; cette erreur a été commise surtout dans ses formes [vésiculeuses ou pustuleuses. La varicelle n'est pas prurigineuse et sa rapidité d'évolution, ses poussées fébriles trancheront bientôt le diagnostic.

Nous mentionnerons pour mémoire le cas, rapporté par M. Béclère à la Société de dermatologie le 11 janvier 1894, observé sur une jeune fille envoyée dans un service de variole et dont l'éruption simulait une *varioloïde*; mais n'en ayant ni les prodomes, ni la fièvre, la persistance d'une papule avec croûtelle durant quinze jours, fit penser au prurigo simplex et la malade fut envoyée à Saint-Louis.

On doit penser cependant quand on se trouve en présence d'une éruption prurigineuse chez l'enfant à une éruption d'origine parasitaire et principalement à *la gale*; parfois, le diagnostic en est fort difficile, car nous savons déjà que certains téguments réagissent sous l'influence du parasite dans le sens du prurigo simplex; le plus souvent, la différence de localisations des lésions, l'absence de sillons, l'uniformité de l'éruption et les commémoratifs seront des éléments précieux pour éliminer l'affection acarienne.

Les *piqûres de moustiques* ou de punaises peuvent également occasionner des éruptions papuleuses ressemblant au prurigo accompagné de plaques urticariennes. Dans le même ordre d'idées, M. Dubreuilh a décrit un *prurigo* produit par la *chenille processionnaire* du pin maritime avec papules urticariennes laissant à leur suite des papules miliaires surmontées d'une croutelle. C'est une éruption éminemment locale et rurale, attaquant de préférence les surfaces de flexion et la face interne des membres.

M. Brocq a montré les relations du prurigo simplex avec les folliculites symétriques à tendances cicatricielles des parties glabres, le *folliclis* de Barthélemy. Ces éléments, loin d'être superficiels comme ceux du prurigo, sont au contraire profonds et l'on peut par la pression faire sourdre une sérosité plus considérable que dans le prurigo simplex. En outre dans la suite on voit la maladie évoluer autrement avec suppurations centrales et cicatrices déprimées.

Nous n'avons pas cru mentionner dans ce **paragraphe** la forme chronique du prurigo appellée prurigo de Hébra; en effet ses relations avec le prurigo simplex sont si étroites et parfois les différences en sont si marquées que nous allons la décrire dans un chapitre spécial suivant le plan que nous nous sommes tracés.

II

Prurigo de Hébra

Le prurigo de Hébra représente la forme chronique du prurigo entendue comme dermatose à évolution aiguë ou chronique.

Synonymie.   Nous ne reviendrons pas sur son histoire ; disons seulement que Hébra a décrit sous ce nom l'ancien prurigo mitis et formicans de Willan ; le lichen polymorphe de Vidal, le prurigo compliqué d'Hilairet. Les Allemands l'appellent Juckblätterchen, littéralement petite squame prurigineuse, car cette affection est caractérisée par des éruptions de petites papules épidermiques donnant lieu à une violente démangeaison.

Selon Hébra, c'est une maladie qui apparaît toujours dans la plus tendre enfance ; quoique, l'on ait objecté (Besnier et Doyon) que ce début était loin d'être constant et que dans nombre de cas l'affection pouvait se révéler à un âge plus avancé, nous sommes obligés de reconnaître, d'après notre propre statistique, l'exactitude des faits de l'Ecole de Vienne, car sur les trente-deux observations du prurigo de Hébra que nous avons recueillies à la polyclinique de notre excellent maître le Dr Perrin et que nous publions plus loin, dans vingt-six cas le début a eu lieu dans les trois premières années de la vie et dans certains cas précoces, les premiers symptômes se sont manifestés dès l'âge de cinq, sept et huit mois. Age.

L'affection ne présente pas tout d'abord le tableau qui la caractérise plus tard ; comme le prurigo simplex, elle débute par un prurit intense, rebelle, nocturne, ainsi qu'en témoigne l'agitation et l'insomnie des enfants, puis elle apparaît sous forme de lésions papuleuses, blanc rosé, urticariennes, qui résistent à tout traitement ; ces éléments persistent durant plusieurs mois jusqu'à l'apparition de petites papules semblables à celles que nous avons décrites dans la forme aiguë, qui se localisent symétriquement sur la face antérieure des jambes et des cuisses, le bassin, les régions fessières et le côté de l'extension des membres supérieurs. Symptômes.

Les faces de flexion sont ordinairement respectées, le visage et le tronc rarements atteints, si ce n'est dans certaines formes intenses, mais les points électifs sont toujours prédominants.

A la période d'état nous trouvons diverses altérations. Les papulo-vésicules sont petites, assez plates, peu saillantes, et souvent ne sont perceptibles qu'au toucher ; elles sont blanches ou rosées, prurigineuses et deviennent plus élevées et plus colorées par le fait du grattage qui, en les excoriant, en fait sortir une gouttelette de sérosité se desséchant promptement et formant une croûtelle jaunâtre, brune ou noirâtre, qui couronne le sommet de l'élevure. Jusqu'ici, nous ne constatons point de différence avec le prurigo simplex : même prurit, mêmes éléments urticariens du début qui, comme nous l'avons signalé, peuvent se trouver dans le prurigo simplex ; même papulo-vésicule comme aspect et comme constitution. Mais maintenant la scène change ; vers la fin de la deuxième année, parfois au bout de quelques semaines, aux phénomènes éruptifs, viennent s'ajouter les lésions que détermine le grattage, c'est-à-dire les excoriations, l'eczématisation, les altérations de l'hypoderme, la lichénification et l'hypertrophie ganglionnaire.

La physionomie du prurigo de Hébra est alors complète. Les papules se réunissent souvent pour former des placards rouges, au niveau desquels la peau s'indure, s'enflamme et suinte ; nous avons alors tout à fait le tableau de l'eczéma chronique avec des lésions profondes de lichénification et de l'épaississement de la peau. Les lésions infectieuses secondaires, pustules d'ecthyma ou d'impétigo ne tardent pas à apparaître. L'épiderme se pigmente en brun foncé et s'exfolie sous l'ongle. Surviennent des poussées lymphangitiques et les adénopathies, qui, quelle que soit la forme des infections, sont toujours très intenses, surtout dans les régions inguinales.

La lichénification de la peau se fait, du reste, sans eczématisation préalable ; c'est une conséquence toute naturelle du processus, qui rend la surface intense sèche et rugueuse et fait disparaître la sécrétion sudorale.

La maladie procède par poussées successives et à côté des papules en pleine activité, il n'est pas rare de trouver de petites cicatrices blanches, vestiges de papules anciennes. C'est donc une éruption qui peut être essentiellement variée d'aspect, car nous trouvons des papulo-vésicules, des éléments urticariens, des lésions d'eczématisation et de lichénification, des pustules d'impétigo ou d'ecthyma avec engorgement ganglionnaire. C'est à l'approche des saisons froides que s'exagère son paroxysme, et elle diminue d'intensité pendant les mois chauds de l'été.

Hébra a distingué dans son prurigo deux degrés de la maladie répondant l'un au *mitis* et l'autre au *formicans* de Willan. La forme la plus grave, réputée incurable, le *prurigo agria* ou *ferox* est celle que nous venons de décrire. L'autre forme, le *prurigo mitis,* beaucoup plus bénigne par le nombre des papules, l'intensité de la démangeaison, serait susceptible de guérison. Nous ne saurions admettre cette différenciation. Selon nous, il n'y a qu'un prurigo chronique, plus ou moins grave, selon les sujets. qui peut s'amender et s'améliorer par des soins constants et assidus, mais qui est éminemment rebelle et quasi incurable ; nous rejetons de ce cadre le *prurigo mitis* qui, suivant Kaposi, peut-être complètement guéri dans la première enfance ; nous ne voyons là qu'une variété de notre *prurigo simplex ;* la forme subaiguë.

Observation LXXIII

18 juin 1891. - Garçon de quatorze ans.

Éruption très ancienne, datant des premiers mois de sa vie, ayant débuté par des lésions urticariennes ; à mesure que l'enfant a grandi des papules de prurigo se sont substituées aux *pomphi* de l'urticaire. Actuellement, éléments très abondants occupant le côté de l'extension des membres avec tuméfaction indolente des ganglions lymphatiques ; peau épaisse et eczématisée.

Observation LXXIV

5 décembre 1891. — Garçon de onze ans.

Strabique. Fait partie d'une famille de quatre enfants dont deux sont morts, un de méningite à vingt-sept mois et un autre à dix-huit jours. Père et mère bien portants A l'âge de neuf mois a eu des convulsions; puis à trois ans, à la suite d'une violente émotion — notre petit malade ayant été renversé par une voiture — éruption papulo-vésiculeuse revenant toutes les années au mois de mai et persistant jusqu'aux premiers froids. Lésion d'eczématisation et de lichénification. Adénopathie inguinale.

Observation LXXV

21 janvier 1892. — Garçon de dix-huit ans.

Depuis l'âge de un an, tous les hivers, éruption papulo-vésiculeuse, sur tout le corps ; peau sèche et épaisse ; hypertrophie ganglionnaire.

Malgré son jeune âge, ce malade est père d'une fillette de six mois indemne de toute éruption.

Observation LXXVI

15 février 1892. — Garçon de six ans.

Fait partie d'une famille de cinq enfants ; tous ses frères sont bien portants. Mère néuro-arthtirique, père eczémateux ; lui-même, très impressionnable et très nerveux. Atteint d'une éruption papulo-vésiculeuse, très prurigineuse, avec peau épaisse. Adénopathie, etc. Insomnies fréquentes.

Observation LXXVII

Avril 1894. — Fillette de douze ans.

Père mort tuberculeux. Une sœur de quatorze ans, morte de phtisie aiguë; trois autres frères vivants, ayant une bonne santé.

À l'âge de sept mois, début d'une éruption urticarienne, à laquelle

firent suite des petites papules prurigineuses, s'excoriant facilement :
avec eczématisation de la peau et adénopathies inguinale et cervicale.

Observation LXXVIII

Juillet 1894. — Fillette de huit ans.

A l'âge de huit mois, lésion eczémateuse et impétigineuse sur la
tête et les oreilles. Depuis l'âge de trois ans, éruption papulo-vésiculeuse, prurigineuse sur les membres, le tronc, avec engorgement
ganglionnaire inguinal.

Observation LXXIX

Mars 1895. — Garçon de trois ans.

Enfant né à terme, nourri par sa mère jusqu'à seize mois seulement au sein. A l'âge de six mois, glossite exfoliatrice marginée. A
dix mois, il met ses premières dents et aujourd'hui les dents supérieures sont toutes cariées. Très nerveux et très impressionnable.
Constipation habituelle.

A dix-huit mois il a la varicelle et depuis cette époque vives démangeaisons sur la peau, produites, d'après la mère, par de petites
plaques blanches urticariennes.

Durant le dernier hiver, pendant trois mois, ces éléments urticariens ont disparu, il a bien dormi et son état général s'est amélioré.
Mais depuis quinze jours, nouvelles lésions urticaaiennes blanches,
laissant après leur disparition de petites papulo-vésicules, très
prurigineuses ; quelques-unes sont plus saillantes et excoriées par le
fait même du grattage. A ces phénomènes s'ajoutent un peu d'œdème
de la peau et une légère adénopathie inguinale.

Observation LXXX

5 octobre 1895. — Fillette de treize ans.

Depuis l'âge de cinq ans, éruption de grosses papulo-vésicules
excoriées, surmontées d'une croûtelle brunâtre ou sanguine, prurigineuse. Peau épaisse. Adénopathie inguinale.

Observation LXXXI

Novembre 1895. — Fillette de cinq ans et demi.

Éruption papuleuse, prurigineuse, datant de l'âge de deux ans et survenue, d'après la mère, à la suite d'un violent effroi. Paroxysmes durant la saison d'été. Cette enfant a été élevée au sein par sa mère et a deux autres frères plus grands, en bonne santé.

Observation LXXXII

Novembre 1895. — Garçon de trois ans et demi.

Rougeole, il y a un an. Depuis cette époque, éruption papulo-vésiculeuse sur le dos, le tronc et les membres : très prurigineuse : à exacerbations violentes durant l'hiver. Otorrhée, adénopathie inguinale et cervicale.

Observation LXXXIII

13 décembre 1895. — Garçon de quatorze ans.

Choréique depuis l'âge de neuf ans. Depuis l'âge de trois ans, éruption papuleuse, prurigineuse, survenant tous les hivers. Épiderme pigmenté. Adénopathie inguinale.

Observation LXXXIV

Avril 1896. — Garçon de six ans.

Mère tuberculeuse. Il a eu des convulsions dans les premiers mois de sa vie. Aussitôt après, lésions urticariennes suivies d'une éruption papulo-vésiculeuse revenant tous les hivers, avec eczématisation et hypertrophie ganglionnaire.

Observation LXXXV

9 juin 1896. — Garçon de trois ans.

Père mort tuberculeux. Cinq frères morts, dont trois en nourrice : un à huit ans et un autre à quatre ans, d'entérite tuberculeuse.

Depuis un an cet enfant est atteint d'une éruption papuleuse, prurigineuse sur les membres et sur le dos, avec engorgement ganglionnaire et lésions de grattage.

Observation LXXXVI

23 juillet 1896. — Garçon de douze ans.
Éruption papuleuse, excoriée, prurigineuse : lichénification de la peau. Ganglions inguinaux hypertrophiés.

Observation LXXXVII

23 juillet 1896. — Garçon de treize ans.
Tous les hivers, depuis cinq ans, éruption papuleuse sur la face antérieure des jambes, les cuisses, le bassin et les membres supérieurs. Aujourd'hui, grosses papules excoriées et couvertes d'une croûtelle sanguine, ainsi que de nombreuses pustules.

L'épiderme présente une légère pigmentation brune, et la peau est sèche et rugueuse. Un peu d'engorgement ganglionnaire.

Ce petit malade a eu, à l'âge de six ans, une hémichorée gauche ayant laissé un peu de brusquerie dans les mouvements volontaires : son état mental ne paraît pas très bien développé. Du côté héréditaire, nous trouvons chez son père aussi du prurigo chronique remontant à l'enfance.

Observation LXXXVIII

1896. — Fillette de deux ans et demi.
Depuis l'âge de neuf mois, éruption urticarienne et papulo vésiculeuse, très prurigineuse. Hypertrophie ganglionnaire inguinale et cervicale. Lésions eczémateuses des oreilles et glossite exfoliatrice marginée.

Convulsions à l'âge de douze jours. Mère albuminurique.

Observation LXXXIX

1896. — Fillette de trois ans.
Depuis l'âge de quatorze mois, éruption urticarienne et papuleuse,

prurigineuse, avec adénopathie inguinale et eczématisation de la peau des membres inférieurs.

Observation XC

1896. — Garçon de neuf ans.

Début, il y a 4 ans, d'une éruption papulo-vésiculeuse ayant succédé à des plaques blanches urticariennes, très prurigineuses, venant par poussées successives. Légère adénopathie inguinale : pas de pigmentation, ni d'épaississement de la peau.

Observation XCI

1896. — Garçon de cinq ans.

Depuis l'âge de un an, éruption papuleuse sur le côté externe des membres supérieurs et sur les membres inférieurs, revenant tous les hivers : hypertrophie ganglionnaire.

Observation XCII

1896. — Garçon de trois ans.

Atteint depuis vingt mois d'une éruption de petites papules localisées sur la face antérieure de la jambe et des cuisses, et sur les membres supérieurs. Elles sont rouges, très prurigineuses, et excoriées par le grattage. Adénopathie inguinale : épaississement de la peau.

Observation XCIII

1897. — Fillette de trois ans et demi.

Début à huit mois d'une éruption papulo-urticarienne sur les membres et sur le tronc, très prurigineuse ; avec lésions de grattage, eczématisation de la peau et adénopathie.

Observation XCIV

1897. — Garçon de trois ans.

Rachitique : gros mangeur, constipation opiniâtre.

Depuis l'âge d'un an, éruption papuleuse, prurigineuse, peu saillante, excoriée par le grattage avec hypertrophie ganglionnaire.

Observation XCV

1897. — Garçon de quatre ans.

Depuis les premiers mois de sa vie, atteint d'un violent prurit occasionné par des petites papules, excoriées, recouvertes d'une croutelle sanguine, localisée principalement sur les membres, et le dos. Tuméfaction indolente des ganglions lymphatiques inguinaux.

Observation XCVI

1897. — Garçon de cinq ans et demi.

Atteint d'une éruption papuleuse, très prurigineuse, avec excoration eczématisation de la peau ayant débuté à l'âge de cinq à six mois par des placards urticariens

Observation XCVII

1897. — Garçon de cinq ans.

Sur sa peau, nombreux éléments papulo-vésiculeux, recouverts d'une croûtelle brunâtre, très prurigineux, revenant pendant la saison froide, et datant de trois ans.

Observation XCVIII

1897. — Garçon de quinze ans.

Depuis l'âge de sept mois, éruption papuleuse, prurigineuse sur les membres et le tronc. Placards d'eczéma sur les membres supérieurs. Peau épaissie et pigmentée. Hypertrophie ganglionnaire.

Observation XCIX

10 juillet 1897. — Homme de vingt-trois ans.

Depuis l'âge de huit mois, tous les hivers il est atteint d'une éruption papulo-vésiculeuse, prurigineuse. Sa peau est lichénifiée et eczématisée en de nombreux endroits : Adénopathie inguinale et cervicale. Ces éléments disparaissent durant la saison chaude.

Observation C

10 juillet 1897. — Fillette de quinze ans.

Depuis l'âge de deux ans, poussées plus fortes l'été d'une éruption papuleuse, prurigineuse sur le tronc, les membres avec des adénopathies multiples. Depuis un mois, lésions surajoutées impétigineuses sur la face et sur les mains, furonculeuses sur le dos : véritable pyodermite.

Observation CI

27 décembre 1897. — Garçon de seize ans.

Éruption papulo-vésiculeuse datant de l'âge de cinq à six ans, revenant tous les hivers. Placards lichénoïdes et eczématiformes surajoutés. Ganglions lymphatiques hypertrophiés dans la région inguinale.

Observation CII

Mars 1898. — Garçon de six ans.

Depuis l'âge de deux ans, éruption papuleuse, prurigineuse, à exacerbation durant la saison froide, peau épaisse et rugueuse. Engorgement ganglionnaire.

Observation CIII

Novembre 1899. — Fillette de six ans.

Depuis deux ou trois ans, tous les hivers éruption papulo-vésiculeuse disséminée sur tous le corps et très prurigineuse.

Aujourd'hui nouvelle poussée de simples vésiculo-papules, sans éléments urticariens. Quelques-unes sont eczématisées et adénopathie cervicale et inguinale. Prurit très intense et insupportable.

Enfant lymphatique avec blépharites fréquentes ; à l'âge de dix-huit mois, poussées d'eczéma suintant. Mère syphilitique.

Observation CIV

Novembre 1899. — Garçon de six ans.

Peu de temps après avoir été retiré de chez sa nourrice, au début

de l'été, à l'âge de deux ans, apparut sur sa peau une éruption sem_
blable à celle que nous constatons aujourd'hui.

Traces de papules anciennes sous forme de petites cicatrices légére-
rement pigmentées. A côté de lésions jeunes constituées par de petites
élevures rouges franchement vésiculeuses et à sommet jaunâtre, d'autres un peu plus anciennes sont recouvertes par des croûtelles noirâtres
et à leur niveau la peau est irritée et indurée. Quelques pustules d'impétigo sont disséminées parmi ces éléments, jamais notre petit ma-.
lade n'a eu de plaques urticariennes et son éruption est principale
ment localisée sur les membres supérieurs et inférieurs et sur le vissge.

Enfant lymphatique. Teint pâle. Adénopathies cervicale et inguinale. Pas d'antécédents héréditaires. Sans appétit, phénomènes
diarrhéiques.

Observation CV

17 novembre 1899. — Enfant de dix mois.

Sa mère a constaté, le 14 octobre, une éruption dans le dos, de
plaques urticariennes blanc rosé, ayant envahi les membres supérieurs
et inférieurs, très prurigineuse, ayant persisté une quinzaine de jours
et à laquelle firent suite des papulo-vésicules, s'excoriant facilement,
et formant par leur réunion des petits placards rouges, enflammés et
suintants.

C'est le quatrième enfant d'une femme nerveuse qui a été malade
durant toute sa grossesse. Ses frères n'ont jamais rien eu ; mais lui,
huit jours après sa naissance, a été atteint d'une ophtalmie purulente qui a nécessité des soins pendant cinq ans. Au mois de juin dernier, bronchite assez grave. Pas de phénomènes du côté du tube
digestif. Alimentation régulière.

Revu le 30 novembre, avec une poussée d'impétigo dans le cuir
chevelu et sur le visage. Des papulo-vésicules sont en voie de régression ; mais de nouvelles plaques urticariennes ont apparu et, en ex-
plorant la région inguinale, nous trouvons une tuméfaction des
ganglions lymphatiques.

5

CHAPITRE III

PATHOGÉNIE DU PRURIGO

S'il est un point intéressant dans l'histoire du prurigo, c'est sa pathogénie, car de là doit dépendre le traitement.

Influence de l'hérédité.

D'après l'École viennoise, rien ne permet d'admettre que le prurigo puisse se transmettre tel quel aux enfants. Il semble néanmoins naturel de croire que cette maladie, qui débute dans l'âge le plus tendre, n'est point étrangère aux influences héréditaires.

Terrain.

Certes, on ne naît pas avec du prurigo, mais les affections des parents peuvent créer un terrain particulier, une prédisposition morbide, en un mot une diathèse favorable à l'éclosion de cette dermatose. En effet, il n'est pas rare de voir dans une famille plusieurs membres présenter cette maladie : Dans une de nos observations, le père et le fils sont simultanément atteints. Hébra et Kaposi ont constaté l'influence de la tuberculose chez les ascendants. Dans plusieurs de nos observations nous l'avons aussi mise en lumière, et c'est surtout dans le prurigo chronique que nous l'avons observé. Alibert a signalé la syphilis, nous l'avons trouvé deux fois. MM. Besnier et Doyon ont montré que l'arthritisme pouvait assumer une large responsabilité. Avec notre maître, M. Perrin, nous avons vu que les enfants atteints de prurigo étaient souvent issus de parents névropathes ou alcooliques. Beaucoup appartiennent à la grande classe des neuro-arthitiques dont les manifestations morbides héréditaires sont si multiples et si variées.

Certains auteurs (Hallopeau, Jacquet) pensent que la grossesse et l'état puerpuéral peuvent être l'origine de toxines qui seraient vraisemblablement la cause prochaine du prurigo : ce serait donc une maladie de la mère qui se transmettrait à l'enfant. Nous avons poursuivi une enquête dans ce sens, et seulement dans cinq cas nous avons pu trouver une grossesse troublée par des vomissements incoercibles, une vive frayeur, des malaises continus. Les suites de couches ont toujours été normales, et nous ne croyons pas qu'on puisse en faire une loi pathogénique générale.

Malgré la fréquence de ces antécédents héréditaires, il n'est pas indispensable que cette tare existe pour l'éclosion du prurigo. Certes, sur un terrain préparé, la graine germe toujours mieux, mais il faut encore qu'elle y soit apportée. Or, quelle est la nature de ce germe ; est-ce un microbe ou un poison ? Selon toutes probabilités, il semble que le prurigo n'est pas une affection parasitaire externe, car jusqu'ici les recherches bactériologiques n'ont donné aucun résultat. C'est plutôt une affection d'origine interne, produite par diverses auto-intoxications. *Auto-intoxications.*

Le système nerveux a subi sous leurs influences, soit héréditairement, soit de façon acquise, une perturbation qui se traduit par un trouble vaso-moteur spécial qui entraîne le prurit et l'hyperesthésie cutanée. Sur la peau ainsi préparée, les traumatismes variés et le grattage provoquent l'éclosion des diverses lésions que nous avons décrites (Jacquet).

M. Besnier a remarquablement mis en lumière cette pathogénie. Les prurigos seraient, d'après lui, des toxidermies ou des autotoxidermies, temporaires, intermittentes, rémittentes, permanentes. « Quel qu'il soit, toxique, toximique, élément propre produit dans le liquide sanguin ou dans les espaces lacunaires par des réactions secondaires provoquées ou autonomes, l'irritant actionne les foyers sensitifs de l'axe nerveux ou les extrémités périphériques et crée avec le prurit des troubles de circulation et de nutrition, base essentielle et nécessaire des lésions éventuelles, primaires ou secondaires. »

Intoxication alimentaire.

Ces toxines reconnaissent ordinairement comme origne commune l'intoxication alimentaire. C'est sous l'influence de résorption des produits des fermentations gastro-intestinales que se produit la dermatose, et sa durée semble être en rapport avec leur persistance et la mauvaise qualité ou la quantité défectueuse des aliments. En effet, les troubles digestifs sont très fréquents chez les enfants atteints de prurigo. La dilatation de l'estomac serait constante pour Comby, Funck et Crundzach, mais nous ne l'avons pas toujours trouvée. Ce qu'il y a de certain, c'est qu'ils sont nourris de façon anormale. Les nourrissons prennent trop de lait et sans règle ; on les met au sein toutes les fois qu'il se réveillent, et souvent pour les empêcher de crier ; plus âgés, au bout de quelques mois à peine, soit chez les gens pauvres par absence de lait chez la mère, soit chez les personnes plus aisées par ignorance, on ajoute des soupes grasses ou autres pour les rendre vigoureux !! et bientôt on les met au régime de toute la famille ; viande, café, vin, boissons alcooliques, rien n'y manque. Sous l'influence d'une telle alimentation, la constipation est habituelle ; moins souvent il y a de la diarrhée avec selles fétides, abdomen distendu et langue saburrale. Ils sont ordinairement très altérés ; ils boivent ou tétent à chaque instant et n'ont pas le temps de digérer ; d'où une surcharge constante pour l'estomac. Le foie ne tarde pas à augmenter de volume ; il y a aussi de l'uricémie qui se traduit par des dépôts d'acide urique dans l'urine.

Ces troubles digestifs peuvent avoir une autre origine, que Darier a fort bien mise en lumière ; c'est la première et la deuxième dentition dans les premières années de la vie. Quoique le mode d'action en soit peu clair, la relation n'en existe pas moins et elle est d'ailleurs consacrée par l'expression vulgaire « feux de dents » qui n'est rien autre que des papulovésicules de prurigo simplex.

Cependant si l'intoxication alimentaire a la plus grande part dans la pathogénie du prurigo, nous sommes obligé de reconnaître qu'elle n'existe pas toujours, mais ces cas sont l'exception. Hutchinson a signalé le prurigo à la suite des fièvres éruptives ou de la vaccine et a décrit ces cas sous le nom de *varicella-prurigo, vaccinia-prurigo*. Nous avons vu aussi le prurigo faire sa première apparition, après une rougeole, dans trois cas. Deux fois après la varicelle, une fois après la fièvre typhoïde. Il est assez difficile d'expliquer les rapports réels qui unissent à la nôtre les maladies générales ; est-ce l'intoxication par le microbe, ou plutôt la toxine qu'il secrète qui agit sur le système nerveux ? Éloignant cette cause spécifique nous serions tenté de croire que, là aussi, après ces fièvres éruptives, il y a eu ou surcharge alimentaire, ou une nourriture peu appropriée à ces malades convalescents, qui auraient été l'origine des toxines et de l'autointoxication.

Comment trouver aussi l'origine de ces cas de prurigo ayant succédé chez trois de nos sujets à une violente émotion, à une vive frayeur, d'autres fois à des convulsions ; certainement il y a là un choc primitif du système nerveux qui doit avoir un retentissement sur l'économie entière et il n'est pas étonnant que le tube digestif soit le premier intéressé.

A cette cause principale s'ajoutent d'autres causes occasionnelles qui ont aussi leur valeur. Les saisons ont une influence incontestable ; tantôt la maladie paraît au printemps et en été ; la grande chaleur semble être en effet favorable à son déve-

Dentition.

Maladies infectieuses.

Saisons.

loppement et l'on sait la fréquence du prurit nocturne et de son exacerbation durant les journées chaudes. L'hiver pour certains malades est une saison désastreuse surtout dans la forme chronique. En définitive chaque malade a sa saison.

On a invoqué aussi le frottement des draps, de la flanelle, des vêtements de laine ; les irritations multiples d'origine chronique, végétale et animale auxquelles est soumis le tégument (piqûres d'orties, de puces et de cousins).

Mais il faut être déjà prédisposé pour que celui-ci réagisse dans le sens prurigo.

Sexe.   Le sexe ne semble avoir aucune influence ; et si, souvent, cette maladie atteint les enfants faibles, mal nourris, auxquels les soins matériels font défaut, voire même les enfants scrofuleux à l'aspect rachitique, au ventre développé ; nous l'avons constaté avec une égale fréquence chez des sujets bien alimentés, trop même, en apparence fort robustes et appartenant à la classe aisée.

CHAPITRE IV

————

TRAITEMENT DU PRURIGO

La pathogénie que nous venons d'exposer doit ¡maintenant servir de base au traitement que nous devons instituer. Nous devons songer à deux choses ; supprimer la cause de l'éruption et soulager le petit malade. Il convient en effet de traiter non seulement la peau, mais encore l'état général en modifiant la nutrition et en calmant l'éréthysme du système nerveux.

Il faudra s'informer des antécédents héréditaires et des diathèses dont le malade peut être atteint ; on recherchera les vices d'hygiène et d'alimentation et on ne négligera pas l'analyse complète des urines. Aucun vice de nutrition ne pourra ainsi échapper à l'attention du médecin et on s'efforcera d'en obtenir la guérison. État général.

La constipation sera combattue avec rigueur par des laxatifs répétés, et les antiseptiques intestinaux — charbon, salol, benzo-naphtol — seront indiqués dans les digestions défectueuses et les cas de diarrhée.

On devra aussi réglementer le régime alimentaire. Chez les nourrissons on réglera l'allaitement le jour et la nuit ; s'il est élevé au biberon, le lait devra être d'excellente qualité Régime.

et stérilisé par petites quantités et donné toutes les deux ou trois heures. Quand il est mal supporté, on pourra y joindre un peu d'eau de Vichy ou de l'eau de chaux. On se préoccupera de la nourriture de la nourrice : celle-ci prendra des aliments sains, abondants, pas trop excitants et proscrira de son alimentation l'alcool, le café, et les viandes noires. Le vin sera pris en petite quantité.

Aux enfants plus agés on interdira les aliments trop sucrés, trop salés, trop acides, trop épicés, les légumes indigestes, le poisson, le gibier et on supprimera toute boisson alcoolique ou excitante, telle que le thé ou le café.

Les œufs, le laitage, les soupes formeront la base de leur nourriture ; on devra s'abstenir de viande jusqu'à trois ans. Même après cet âge, le lait devra être donné comme boisson aux repas et, dans les formes intenses, on devra revenir au régime lacté exclusif. La suppression complète de la viande donne parfois des résultats excellents.

Ce régime sévère sera continué des mois et des années. Des prurigos datant de plusieurs années peuvent ainsi guérir et ne plus revenir.

La vie au grand air et un exercice modéré sont de toute importance et le changement d'air a donné parfois des résultats remarquables attribuables au changement de régime.

TRAITEMENT INTERNE

Antinervins. Pour calmer le système nerveux, les antinervins doivent être donnés rarement ; les analgésiques exercent parfois une action nuisible et éveillent même les démangeaisons; telles sont les préparations opiacées, le chloral, le bromure. Les préparations de valériane seules sont sans inconvénients et sont les plus usités sous forme d'extrait ou de valérianate ou de teinture.

Brocq a employé chez l'adulte l'acide phénique sous forme de pilule de 0 gr. 05 à 0 gr. 10, pris au début du repas; mais son action irritante sur l'estomac et ses effets toxiques en font un médicament dangereux qui doit être proscrit chez l'enfant.

Du Castel a recommandé récemment l'acide lactique sous forme de gouttes, dont les enfants prennent de VI à XII par jour. Nous avons pu nous rendre compte de l'efficacité de ce médicament et dans bien des cas nos sujets ont été améliorés.

La pilocarpine, en injections sous-cutanées chez des malades chez qui l'hiver est une cause d'exaspération ; l'atropine, au contraire, si les exacerbations se produisent en été, ont donné à M. Besnier des résultats très remarquables. Malheureusement, chez l'enfant, on doit être très circonspect au point de vue de la médicamentation : on ne peut employer, voire à des doses excessivement faibles, des substances comme celles que nous venons de citer, et on pourra y suppléer par l'emploi du tannin et du phosphate de chaux pour modérer la congestion de la peau et l'activité des glandes sudoripares.

Acide lactique.

Tannin, phosphate de chaux.

La levure de bière, très efficace dans la furonculose a, paraît-il, donné des bons résultats dans le prurit. C'est une médication facile et sans inconvénients que l'on pourra toujours essayer.

TRAITEMENT EXTERNE

L'action des bains est incertaine, très variable et ce mode de traitement ne doit être employé qu'avec circonspection,

Bains.

car si souvent il ne réussit pas, il peut parfois aggraver l'éruption. Lorsque l'état de la peau ne fournit pas de contre-indication, on peut essayer les bains additionnés d'amidon, de tilleul, de borate de soude ; dans certains cas, ils ont paru procurer du soulagement. Blasko a employé les bains sulfureux et goudronneux ; comme ils possèdent une action excitante très marquée sur la peau, ils doivent être surveillés de très près. Chaque malade fournit des indications particulières.

Douches. Les douches froides en pluie ou en arrosoir, avec la pression la moins forte possible, ont, dans d'autres cas, amené un soulagement notable.

Il faut éviter avant tout de couvrir les enfants pendant la nuit et éviter le frottement des vêtements de laine sur la peau. On devra insister sur une très grande propreté chez les enfants, faire quelques savonnages au goudron ou au naphtol.

Lotions. Le meilleur traitement local consiste en lotions avec de l'eau simple très chaude à laquelle on pourra ajouter du vinaigre additionné de 5 pour 100 d'acide phénique, à 2 cuillerées à café par verre d'eau. On peut employer aussi les lotions goudronneuses, une cuillerée à café de goudron de hêtre ou de coaltar saponiné par verre d'eau. Les simples lotions phéniquées à 1 ou 2 pour 100 réussissent fort bien aussi. Elles sont faites avec une éponge sur le corps de l'enfant au moment du coucher et le matin au réveil. Leur température ne peut être fixée à l'avance ; tel enfant se trouve bien d'une température basse, d'autres sont calmés par une température supérieure à 39°. Il faut tater le malade et voir ce qui lui convient le mieux.

Poudres. En général, on fera bien de faire suivre ces lotions d'application de poudres dont l'efficacité est souvent très grande. Il est bon de ne pas sécher les malades, de prendre la poudre dans la main et de frictionner les surfaces lésées (du Castel). Les plus employées sont celles d'amidon, de talc, de lycopode, d'oxyde de zinc, de salicylate de bismuth et souvent il est bon de faire des mélanges de plusieurs d'entre elles.

Les pommades que l'on emploiera devront toujours être très épaisses et très adhésives. Les pâtes de zinc sont l'excipient le plus utile, on peut y ajouter de l'acide phénique à la dose de 1 à 3 pour 100 ; du menthol à 1 pour 100. Le glycérolé tartrique de Vidal, suivant la formule — Acide tartrique 1 gram. ; glycérolé d'amidon, 20 gram.— procure souvent un soulagement notable. *Pommades.*

Les pâtes très épaisses agissent en produisant l'occlusion de la peau, en la mettant à l'abri des excitations extérieures. Jacquet a démontré qu'on pouvait supprimer le prurit et par là les lésions éruptives en enveloppant hermétiquement un membre dans de la ouate. Aussi Besnier a-t-il conseillé l'enveloppement dans la toile caoutchouctée le jour, les enveloppements humides la nuit. Les enveloppements sont faits soit avec une eau émolliente, soit avec de l'eau bouillie, que l'on peut additionner de 5 pour 100 de glycérine. *Enveloppemen*

Dans le même ordre d'idée, Monti formule ainsi le traitement du prurigo chez l'enfant : « Faire prendre un bain de
» propreté, puis saupoudrer avec un mélange d'oxyde de
» zinc, d'acide salicylique et de talc, les régions qui sont le
» siège de prédilection du prurigo, c'est-à-dire les membres,
» puis les envelopper de plusieurs couches de baptiste qu'on
» a eu soin de ne pas trop serrer ; éviter les plis. Maintenir
» le pansement par des tours de bandes qui est bien toléré
» par les enfants. Au bout de deux jours le renouveler, après
» avoir bien nettoyé la peau. A ce moment, on trouve déjà
» la surface cutanée moite et souple au toucher et on cons-
» tate une diminution manifeste du nombre des éléments de
» prurigo. Refaire le pansement toutes les quarante-huit heu-

» res, et au bout d'une à deux semaines il ne reste plus
» trace de l'affection cutanée. »

Emplâtres.

Quand le prurit est limité, on peut obtenir une parfaite occlusion par l'emploi d'emplâtres tels que l'emplâtre à l'huile de foie de morue, l'emplâtre rouge, l'emplâtre simple.

Colles.

Quand il est étendu et très rebelle, on pourra essayer l'enveloppement dans les colles et la suppression dure autant que celles-ci restent appliquées sur la peau. Elles ont été mises en honneur par Unna et bien étudiées par Menahen Hodara son élève. Ce sont des préparations à base de glycérine et d'oxyde de zinc qui ont la propriété d'être fusibles à des températures relativement peu élevées et de se solidifier à la température ordinaire de l'air.

Électricité.

Enfin, dans certains cas, on a essayé l'emploi de l'électricité statique sous forme d'effluves et de bains électriques. Oudin a employé les courants de haute fréquence selon le procédé d'Arsonval; mais cette méthode, encore à l'étude, donne des résultats bien incertains et sur lesquels nous ne pouvons nous prononcer n'ayant jamais eu l'occasion de l'appliquer.

CONCLUSIONS

1° Le prurigo simplex et le prurigo de Hébra sont les modalités cliniques d'une seule et même affection : l'un est la forme aiguë, l'autre la forme chronique du prurigo.

2° La papulo-vésicule constitue le symptôme objectif capital du prurigo.

3° Le *prurigo simplex* est très fréquent chez l'enfant : il se présente sous diverses variétés : aigu, suraigu, subaigu. Il semble avoir son maximum d'action dans les deux premières années de la vie.

La lésion élémentaire est une petite papule acuminée, rosée, dont la coloration blanchâtre du sommet est due à une accumulation de sérosité : c'est la papulo-vésicule. Elle se dessèche rapidement, et quelquefois elle se développe sur une base urticarienne.

L'éruption se fait par poussées successives et principalement sur le côté externe des membres supérieurs, la face antérieure des membres inférieurs, la région postérieure des fesses. Sa durée est de deux semaines à deux mois dans les formes aiguës; dans les formes subaiguës, elle peut se prolonger durant des mois et des années.

Le prurit est le symptôme subjectif prédominant : il est très intense, à exacerbations nocturnes et antérieur à la lésion cutanée.

La terminaison est toujours favorable.

4° On doit admettre un *prurigo atypique à lésions poly-morphes* dans lequel doivent entrer les faits de passage exis-tant, d'une part, entre le prurigo simplex et le type urticaire vrai ; d'autre part, entre le prurigo simplex et le prurigo de Hébra. Il présente la physionomie générale du prurigo sim-plex, mais il en diffère par les caractères morphologiques de l'éruption.

5° Le *prurigo de Hébra* représente la forme chronique du prurigo. Il apparaît toujours dans la plus tendre enfance. Il débute, comme le prurigo simplex, par le prurit, des éléments ortiés et une éruption de papulo-vésicules : mais celles-ci ne tardent pas à former des placards rouges enflammés, suin-tants, et aux lésions de grattage viennent se joindre de l'eczé-matisation et de la lichénification de la peau, avec hypertro-phie ganglionnaire.

Il est éminemment rebelle au traitement.

6° Le prurigo ne reste pas étranger aux influences hérédi-taires : la tuberculose, la syphilis, et surtout l'alcoolisme, l'arthritisme et les névropathies chez les ascendants, prépa-rent un terrain favorable à son éclosion.

La grossesse et l'état puerpéral, pour certains auteurs, peuvent être l'origine de toxines qui en sont la cause pro-chaine.

C'est, avant tout, une toxidermie ; une affection d'origine interne prenant naissance sous l'influence des fermentations gastro-intestinales : le résultat d'une auto-intoxication provo-quée, par des écarts de régime répétés, une suralimentation exagérée ou une alimentation mal appropriée au tube digestif et à l'âge de l'enfant. Sous son influence, le système nerveux subit une perturbation qui se traduit par un trouble vaso-moteur qui entraîne le prurit et les lésions cutanées.

Les maladies infectieuses, en particulier, les fièvres éruptives semblent avoir, dans certains cas, une action favorable au développement du prurigo.

7° La base essentielle du traitement sera un régime sévère, dont le lait sera le principal élément.

L'acide lactique à l'intérieur est le médicament qui semble jusqu'ici avoir donné les meilleurs résultats pour calmer le prurit.

Les lotions vinaigrées suivies d'applications de poudres inertes avec ou sans enveloppement consécutif, seront le meilleur traitement externe pour hâter la régression des papules et diminuer la démangeaison.

BIBLIOGRAPHIE

1798. Willan. — Description and. Treat. of Cutaneous Diseases. London.

1800. Casenave. — Maladies de la peau.

1800. Chauzit. — Maladies de la peau.

1820. Bateman. — Abrégé pr. des mal. de la peau. Trad. fr. p. Guill. Bertrand, p. 40-41.

1858. Franquebalme. — Contrib. à l'étude du strophulus.

1859. Hardy. — Leçons sur les maladies de la peau.

1869. Hébra. — Tr. des mal. de la peau. Trad. fr. de Doyon.

1879. Hutchinson. — Lect. on clinical surgery (on certain rare diseases of the skin) V, I.

1880. Lang. — Annales de dermatologie, p. 591.

1881. Besnier et Doyon. — Traduction et annotation de l'œuvre de Kaposi, t. II, p. 1 et 376.

1885. Hillairet et Gaucher. — Tr. des mal. de la peau, t. I, p. 580.

1886. E. Vidal. — Lichen, prurigo, strophulus (Ann. de derm. n° 3, 25 mars).

1889. Rona. — Urticaire consécutive à la rougeole.

— Comby. — L'urticaire chez les enfants (Soc. méd. des hôp., oct.).

— Comby. — Traité de méd. infantile.

— Leloir et Tavernier. — Anat. path. du prurigo de Hébra (Ann. de derm., 613).

1890. Lalesque. — Prurigo de la processionnaire (Journ. de méd. Bordeaux, 18 mai).

— Dubreuilh et Archambault. — De l'empl. du menthol dans les aff. prurig. de la peau. (J. de méd. Bordeaux, août).

6

1890. GOLDENBERG. — A case of Hutchinson's varicella prurigo. (New-York med. journal, octobre).

— COLCOTT FOX. — On urticaria of infancy and childrood (British journal of dermatology).

1891. E. VIDAL. — Sur le lichen simplex aigu (Ann. de derm., avril).

— AUGAGNEUR. — Sur la pathog. et le traitement du prurigo de Hébra.

— BROCQ et JACQUET. — Note pour servir à l'histoire des névrodermites (Ann. de derm., n° 2 et 3).

— TENNESON. — Traitement du prurigo de Hébra (Soc. de derm., 4 avril).

1892. — COLOMBINI. — Il mentolo nelle malattie pruriginose della pelle (Giornale del. mal. del. pelle. 100).

— W. DUBREUILH. — De l'urticaire (Gaz. des hôp., 22 oct.).

— L. JACQUET. — A propos de l'urticaire. Consid. sur la pathog. de la lés. cut. dans cert. dermatoses. (Gaz. des hôp. n° 134 et 136).

— TENNESON. — Du prurigo et du pruritus. (Méd. moderne, 11 août p. 505).

— EDVARD EHLERS. — Sur le prurigo de Hébra (II° Cong. de derm.).

— E. BESNIER. — Prurigos diathésiques (Soc. de derm., 12 mai).

1893. TOMMASOLI. — Sulle dermatiti pruriginose multiformi (Giornale ital. delle malattie veneree et della pelle, fasc. II).

— BELLOT. — Etude clinique sur les dangers de la suralimentation chez les enfants. Thèse Paris.

— MILLON. — Des manifestations cutanées dues aux vices de la nutrition chez les enfants. Thèse Paris.

— R. HATSCHECK. — Traitement du prurigo par le massage. (Archiv. f. dermat. u. Syphilis, p. 931.

— TOMMASOLI. — Mémoire sur le prurigo temporaire autotoxique. (Journal des mal. cut. et syph. Juin).

— CULTER. — Du prurigo (Nerw-York Dermatological Society, 218° séance).

— DARIER. — Bull. de la Soc. fr. de derm. et de syph., p. 449).

1894. COMBY. — Etude clinique sur le strophulus ou lichen simplex aigu de la 1re enfance. Méd. infantile, p. 427).

— DARIER. — Sur le prurigo simplex. (Ann. de derm. et de syph. p. 194).

1894. FUNCH et GRUNDZACK. — Ueber urticaria infantum und ihre Zusemmenhang mit Rachitis und Magenerveiterung (Monatshefte fur praktische Dermatologie, XVIII, 109).

— DUBREUILH. — Du strophulus (Arch. cliniq. de Bordeaux, n° 4, p. 161).

— P. J. A. TEDESCHI. — Du strophulus (Thèse Bordeaux).

1895. BLASCHKO. — Ueber strophulus infantum (Berliner Klinische Wockenschrift, n° 11).

— BROCQ. — Le prurigo simplex et sa série morbide. (Ann. de derm., p. 67 et n° 3).

— HALLOPEAU. — Prurigo simplex et prurigo de Hébra. (Ann. de derm., p. 80).

— A. NEISSER. — Ueber Hebras'che Prurigo. (Med. Section der Schles. Geselschaft f. Vater. Cultur).

— FEULARD. — Prurigo simplex chez un enfant (Soc. de derm. et de syph. 9 juillet).

1896. — E. BESNIER. — Sur la question du prurigo. (IIIe Cong. de derm. Lourdes 4-8 août).

— L. BROCQ. — La question du prurigo. (IIIe Cong. de derm. Londres).

— JACQUET. — Semaine médicale, p. 312.

1897. DU CASTEL. — Trait. des purits et des prurigos (Tr. thérap., 2e partie p. 8).

— A. RISSO. — Contributo clinico, istologico et batteriologico allo studio della prurigine de Hébra. (Policlinico).

1897. — BONFIGLI. — Prurigine frammento di studio sulla istopatologia di questa processo (Clinica dermatosifilopatica della R. Universita de Roma, janv., p. 215).

1898. MONTI. — Traitement du prurigo. (Sem. médicale, 2 nov.).

1900. HALLOPEAU et LEREDILE. — Traité de dermatologie.

— PERRIN. — Dermatoses prurigineuses chez l'enfant (Marseille médical, mai).

www.ingramcontent.com/pod-product-compliance
Lightning Source LLC
Chambersburg PA
CBHW070806260626
47161CB00006B/2176